LA MAISON ABANDONNÉE

LA MAISON ABANDONNÉE

JOEL A. SUTHERLAND

Texte français d'Hélène Rioux

Éditions SCHOLASTIC

Catalogage avant publication de Bibliothèque et Archives Canada

Sutherland, Joel A., 1980-
[Summer's end. Français]
La maison abandonnée / Joel A. Sutherland; texte français d'Hélène Rioux.

Traduction de : Summer's end.
ISBN 978-1-4431-6024-7 (couverture souple)
I. Rioux, Hélène, 1949-, traducteur II. Titre. III. Titre : Summer's end.
Français.

PS8637.U845S8814 2017   jC813'.6   C2017-900622-3

Photos de la couverture © Shutterstock, Inc. : photo principale (Kimberly Palmer), nuages (Jim Battaglia).

Édition publiée par les Éditions Scholastic, 604, rue King Ouest, Toronto (Ontario) M5V 1E1
CANADA.

5 4 3 2 1   Imprimé au Canada 139   17 18 19 20 21

Pour Colleen,
Pour toujours et à jamais, jusqu'à la fin des temps

UN

Le 30 juin

Le cardinal rouge émit un sifflement de panique, de douleur. Ses ailes se tordaient frénétiquement dans les airs. Le reste de son corps gisait sur le sol, brisé, immobile comme une statue. Mais ses yeux, noirs comme du goudron, étaient grand ouverts, stupéfaits, très vivants. Jacob était incapable de détourner les siens. Le regard du cardinal était rivé sur les quatre amis — des géants au-dessus du petit oiseau moribond — qui l'entouraient dans les bois.

Ils avaient aperçu l'oiseau pendant qu'ils se promenaient dans la forêt derrière la maison de Jacob. C'était le premier jour des vacances d'été et ils tuaient le temps tout en évitant les adultes. Ils s'étaient mis en route le cœur léger, leurs conversations insouciantes tournant autour du baseball, des films et des superhéros. Mais quand ils avaient compris ce qu'ils devaient faire pour mettre fin aux souffrances de l'oiseau, leur humeur s'était assombrie comme un nuage d'orage.

Hayden prit une pierre dentelée de la taille d'un crâne humain et la tendit à Ichiro.

— À toi.

— Poule mouillée, se moqua Hannah, la jumelle d'Hayden.

Elle lui donna un petit coup de poing sur le bras.

— Non, protesta Hayden en se frottant le bras avec précaution. Et aïe!

Hannah mit ses pouces sous ses aisselles et agita ses bras comme des ailes.

— *Cot, cot, cot, cot, cot!* dit-elle.

Hayden soupira sans répondre. Voyant qu'il n'était pas d'humeur à se quereller, Hannah cessa d'imiter la poule, et ils tournèrent leur attention vers l'oiseau agonisant et la pierre dans la main d'Ichiro.

Celui-ci la retourna et, après avoir en étudié la surface, il la souleva au-dessus de sa tête. L'espace d'un instant, Jacob crut qu'il allait vraiment le faire. Mais au lieu de frapper, il abaissa lentement la pierre.

— Non, dit-il. C'est à Jacob de faire ça.

— Pourquoi? demanda Jacob.

— Parce que tu es le plus vieux de nous tous.

C'était la vérité — de deux mois seulement. Ce court laps de temps signifiait beaucoup pour ses trois amis plus jeunes.

Jacob fêtait son anniversaire en janvier et les jumeaux étaient nés en mars de la même année. Ils avaient quatorze ans, et Ichiro aurait le même âge dans cinq mois.

Jacob savait que vieillir comportait des avantages. Les

adultes lui faisaient confiance et le laissaient seul plus souvent. Il se couchait un peu plus tard, regardait des films plus terrifiants. Mais il y avait aussi des inconvénients : davantage de corvées et on s'attendait à ce qu'il fasse preuve de maturité. Ichiro lui tendit la pierre.

Jacob la prit. Il ne s'attendait pas à ce qu'elle soit aussi lourde. Elle glissa un peu entre ses doigts, mais il parvint à la retenir avant qu'elle ne lui échappe. Il ne regarda pas ses amis, craignant de voir l'un d'eux réprimer un petit sourire narquois.

Un nuage passa. Il bloqua le soleil et la forêt fut baignée dans une aura grise, stagnante. Une brise légère ébouriffa les cheveux de Jacob et lui rafraîchit la nuque. Ce souffle d'air était le bienvenu. La ville de Valeton était aux prises avec une canicule sans précédent. Et les orages viendraient avec la chaleur.

De sa main libre, Jacob repoussa une mèche de cheveux qui lui retombait dans les yeux. Il regarda le cardinal. Ses ailes avaient cessé de tressaillir.

Jacob sentit les muscles de son estomac se raidir. Il s'efforça de ne pas penser au déjeuner qu'il avait mangé. Il essaya aussi de ne pas trop penser à l'oiseau, mais cela se révéla impossible. Il espérait que ce n'était pas un bébé, qu'il était juste petit. Ainsi, ce serait peut-être, d'une certaine façon, plus facile de le tuer. Comme quand on écrase un moustique ou qu'on marche sur une fourmi. Personne n'hésite à tuer un insecte. Pourquoi ceci serait-il différent? C'était même une marque de compassion, la bonne chose à faire. Il serait cruel de laisser le cardinal, bébé ou non, mourir lentement et douloureusement.

Alors pourquoi avait-il l'impression que quelque chose clochait?

Une ombre passa entre deux gros arbres, à une quinzaine de mètres derrière Ichiro et les jumeaux. Il aurait juré qu'elle ressemblait à un garçon portant une casquette de baseball rouge.

— Qu'est-ce que tu regardes? demanda Ichiro qui se retourna et scruta les bois.

Jacob haussa les épaules.

— Je ne sais pas, rien... répondit-il à voix basse.

Mais il ne pouvait s'empêcher de se poser des questions.

Un garçon avec une casquette rouge. Est-ce que ça pourrait être...?

Il secoua la tête. *Non, impossible. Ça fait déjà quatre ans.* Plus Jacob scrutait la forêt sans rien voir, plus il doutait d'avoir vu quoi que ce soit.

— C'était probablement juste mon imagination, marmonna-t-il.

— Jacob, dit Hannah, interrompant sa rêverie.

Sans manquer de douceur, sa voix exprimait

pourtant un sentiment d'urgence. Elle pouvait passer du sarcasme à la sincérité aussi vite qu'une chambre plongée dans le noir pouvait s'illuminer soudain dans une lumière dorée.

— L'oiseau. C'est... c'est le moment.

Jacob détourna les yeux des arbres dans le lointain et hocha la tête. La mâchoire serrée, il poussa un grognement assourdi et il leva la pierre au-dessus de sa tête. La forêt devint étrangement silencieuse, comme si le vent et les arbres retenaient ensemble leur souffle. Dans le silence soudain, les appels de panique du cardinal étaient amplifiés; chaque cri rapide perçait le crâne de Jacob.

Il soupira. Il abaissa la pierre et ferma les yeux.

— Je ne peux pas, chuchota-t-il.

Sans avertissement, quelqu'un ôta la pierre de sa main. Il ouvrit les yeux et vit Hannah, le visage aussi dur que la pierre qu'elle tenait. Elle l'enferma dans ses deux mains, haut dans les airs. En une fraction de seconde, elle l'abaissa. La pierre s'enfonça profondément dans le sol spongieux de la forêt, et le corps écrabouillé du cardinal fut enterré dessous.

L'aile gauche, la seule partie du corps de l'oiseau encore visible, se crispa, puis retomba sans vie.

Un moment passa — court ou long, Jacob n'aurait su le dire, puis il se rappela de recommencer à respirer.

Personne ne parlait. Le vent se remit à souffler et les feuilles firent entendre leur bruissement familier. Un pic-bois tapota un tronc d'arbre quelque part à proximité.

La pierre se dressait comme une stèle. Jacob s'imagina avec ses amis, vêtus de noir, pendant que quelqu'un récitait le *Notre Père*. Avec cette image en tête, il réprima un rire nerveux.

Hayden brisa le silence.

— Hannah, qu'est-ce que tu as fait?

Elle haussa les épaules.

— Quelqu'un devait s'en charger. J'en avais assez d'attendre.

Les trois garçons ne pouvaient pas la contredire. Il fallait tuer le cardinal, et aucun d'eux n'en avait été capable.

Elle se pencha devant la pierre comme si elle s'agenouillait pour prier et la tira hors de la terre.

Ichiro poussa un grognement dégoûté. Jacob frémit. Il détourna rapidement le regard. Le corps du cardinal avait été aplati. Du sang avait formé de petites poches dans la poussière. Un bout d'intestin jaillissait de son ventre.

Hannah lança la pierre au loin. Une petite plume rouge y resta collée. Du pied, elle jeta de la terre sur l'oiseau, son regard indéchiffrable rivé sur le sol.

Jacob ignorait à quoi elle pensait. Et il n'était pas sûr d'avoir envie de le savoir.

Le visage d'Hannah s'adoucit. Elle parvint même à sourire.

— Bon. Partons d'ici et allons nager.

Elle avait parlé sur un ton désinvolte, comme si elle ne venait pas d'écrabouiller un oiseau avec une pierre, de ses propres mains. Sans attendre la réponse de ses amis, elle se mit à marcher sur le sentier en direction de la route de campagne et du panneau indiquant les limites de la ville, là où ils avaient laissé leurs vélos.

Jacob aperçut la mince couche de terre qui ne recouvrait pas complètement l'oiseau écrasé. Il gémit et se hâta de regarder ailleurs.

— Eh bien... dit Ichiro.

Après quelques moments de silence, il devint évident qu'il garderait pour lui ce qu'il avait commencé à dire. Mais Jacob avait une bonne idée de ce que pensaient Hayden et Ichiro. La même chose que lui.

Il n'y avait rien d'étonnant que Hannah se soit chargée de tuer le cardinal. Jacob était ami avec les jumeaux depuis toujours ou presque. Ils habitaient la maison voisine. Au fil des ans, ils s'étaient parfois bagarrés avec d'autres gamins du voisinage. Hannah avait toujours tenu son bout. Souvent, elle quittait la bataille avec moins d'ecchymoses et d'égratignures que les autres, filles ou garçons. C'était une dure à cuire, mentalement et physiquement.

Le nuage gris au-dessus d'eux s'éloigna en roulant dans le ciel et le soleil plomba de nouveau sur leurs épaules. Chargé d'humidité, l'air exhalait les odeurs de terre d'une vieille forêt froide entrant dans une vague de chaleur.

Des gouttes de sueur perlèrent sur le front d'Hayden et tombèrent dans ses yeux. Il s'essuya le visage.

— Hannah a une bonne idée, dit-il. Allons à la plage.

Jacob pensait comme lui.

Ils se mirent vite en route, laissant le cardinal mort derrière eux. C'était le dernier été qu'ils partageraient avant d'aller dans des écoles secondaires différentes. Les jumeaux fréquenteraient l'école secondaire Robert Koch tandis que Jacob irait à la seule autre école secondaire publique de Valeton, de l'autre côté de la ville. En plus d'aller dans une école différente, Ichiro irait vivre dans un autre pays. Les Miyazaki déménageraient au Japon le 3 septembre, quelques jours avant le début de l'année scolaire. Les vacances estivales étaient la période de l'année que Jacob préférait, mais il savait que cette fois, elle serait douce-amère.

Hannah avait déjà commencé à pédaler sur le chemin; elle zigzaguait imprudemment d'un côté à l'autre de la route. Hayden et Ichiro s'efforcèrent de la rattraper et

Jacob se retrouva tout seul l'espace d'un instant. Son vélo pencha vers le panneau indicateur de la ville, qu'il déchiffra pour la énième fois de sa vie.

Bienvenue à VALETON

Une ville touchée par le passé, tournée vers l'avenir
Population : 16 600 habitants

Veuillez garder nos enfants en sécurité

Quelques années plus tôt, quelqu'un avait utilisé une bombe de peinture pour masquer les mots *en sécurité*. La personne qui avait rayé les mots l'avait fait si vite que la peinture rouge avait maculé l'écriteau avant de sécher. Jacob avait compris la blague seulement un an auparavant. « Veuillez garder nos enfants. Point. Surtout, ne les ramenez pas ».

Il détestait cet écriteau, et particulièrement le graffiti. C'était trop radical.

Il enfourcha sa bicyclette et jeta un coup d'œil sur le sentier qui traversait les bois, entre les arbres. Un nuage de petits moustiques s'envola dans les airs et les branches oscillèrent dans la brise, mais Jacob ne vit rien d'autre bouger. Le garçon à la casquette rouge n'était pas là. Comme Jacob s'en doutait, cette vision n'avait probablement été que le fruit de son imagination.

Heureusement. Le garçon à la casquette rouge et ce qui s'était passé entre eux appartenaient au passé. Il valait mieux ne pas s'y attarder. Ne pas penser à *lui*.

Quant à l'avenir, il valait mieux ne pas y penser non plus — même s'il éprouvait un sentiment de malaise à la perspective d'entrer en neuvième année. Il ignorait ce qui l'attendait au tournant. À la fin de l'été, sa vie serait différente, il en était convaincu. Alors pour l'instant, il allait se concentrer sur le présent.

Inquiet, il jeta un dernier regard par-dessus son épaule avant de pédaler énergiquement pour rejoindre ses amis.

— Hé! Attendez-moi!

DEUX

Le 4 juillet

Jacob et Ichiro dévalèrent la longue allée sinueuse. De grands érables et pins cachaient le soleil et se balançaient dans le vent; les feuilles bruissaient et le bois craquait, créant une harmonieuse symphonie. Les deux garçons s'arrêtèrent en dérapant à côté de la maison d'Ichiro et appuyèrent leurs vélos contre le garage. Un peu plus loin, en contrebas, le clapotis des vaguelettes du lac scintillant les appelait.

Nichée sur une colline en pente douce sur la rive nord du lac Passage, à vingt minutes en bicyclette du centre-ville et à cinq minutes de l'hôtel des Deux pins, la maison d'Ichiro évoquait un palais de ciment et de verre dans les bois. Mme Miyazaki occupait un poste de direction à l'hôtel, mais elle avait récemment accepté un nouvel emploi au Japon. Les parents d'Ichiro étaient tous deux originaires de Tokyo et ils avaient longtemps semblé chercher une excuse pour retourner chez eux. Jacob devinait qu'Ichiro redoutait l'idée de déménager en septembre en le voyant refuser de regarder l'écriteau *Vendu* sur la pelouse chaque fois qu'ils passaient devant.

Jacob laissa son vélo et se dirigea vers la porte

d'entrée.

— Hé! Jake! Attends, dit Ichiro. On n'entre pas.

Sans donner d'autre explication, il se tourna et s'engagea sur un sentier qui menait dans les bois. Curieux, Jacob le suivit.

Le sol de la forêt était tapissé d'aiguilles de pin brunâtres et craquait sous les pas. Le sentier tortueux ressemblait à une artère étroite étouffée des deux côtés par un dense feuillage vert. L'air vibrait du bourdonnement des insectes. Jacob écrasa un moustique sur son cou, laissant une petite tache de sang sur sa peau, et il enjamba une racine d'arbre. Le sentier déboucha dans une clairière. Au centre, il y avait un hangar en bois plutôt grand dont les deux portes étaient fermées par un cadenas argenté.

— Tu veux qu'on prenne le *Vieux bazou* pour aller pagayer sur le lac? demanda Jacob, qui devinait pourquoi Ichiro l'avait conduit vers le hangar où était remisé le canot de M. Miyazaki.

Tout cabossé, le canot bleu avait connu des jours meilleurs. Le père d'Ichiro l'avait surnommé *Vieux bossu*. La première fois qu'il l'avait entendu, Jacob avait cru que M. Miyazaki disait *Vieux bazou*, et ce nouveau nom convenait si bien à l'embarcation qu'il était resté.

— Oui et non, répondit Ichiro d'un ton énigmatique. Je veux te montrer quelque chose.

Il sortit une clé de sa poche et déverrouilla les portes qu'il ouvrit à la volée. Une faible lumière tomba dans le hangar. Ils entrèrent. L'air était lourd et sentait le renfermé. Les yeux de Jacob s'ajustèrent peu à peu à l'obscurité.

Des outils de jardinage, du matériel pour réparer la maison et surtout, des trucs pour s'amuser — fléchettes, fers à cheval et maillets de croquet, radeaux gonflables et ballons de plage, pistolets à eau — encombraient chaque étagère, chaque recoin. Le *Vieux bazou* était au milieu du plancher. Jacob trouva ça bizarre parce qu'ils l'avaient suspendu au plafond la dernière fois qu'ils étaient allés canoter, quelques jours plus tôt.

Il aperçut alors quelque chose qui lui fit oublier tout le reste. Un superbe canot rouge flambant neuf était accroché à l'endroit où se trouvait auparavant le *Vieux bazou*. Jacob s'approcha et passa la main le long du plat-bord à tribord. L'embarcation était lisse, construite de façon professionnelle et pouvait largement accueillir quatre passagers.

— Bonne fête de l'Indépendance! s'écria Ichiro, les bras ouverts, un grand sourire illuminant son visage.

— On n'est pas américains, rétorqua Jacob d'un ton pince-sans-rire.

— C'est vrai, mais ça ne nous empêche pas de célébrer. Mon père a acheté le canot hier.

— Mais tu déménages dans deux mois.

— Ouais. Il sait que ça me fait de la peine. Il doit se sentir coupable, j'imagine. Maman n'était pas contente quand il l'a apporté à la maison, mais comme nous en obtiendrons probablement un prix acceptable avant notre départ, elle a accepté que je le garde.

Jacob continua de s'émerveiller à la vue du canot rouge et siffla.

— Il est tellement plus beau que le *Vieux bazou*.

Il regarda le canot bleu cabossé, bien tristounet, comme s'il s'agissait d'une chose vivante digne de pitié.

— Sans vouloir te vexer, précisa-t-il.

Ichiro éclata de rire.

— Je ne l'ai pas encore mis à l'eau. J'ai préféré t'attendre.

Jacob renversa un seau et monta dessus pour détacher une des cordes qui retenaient l'embarcation au plafond. Ichiro s'occupa de l'autre côté. Le canot était étonnamment léger. Ils le déposèrent sur le sol et lancèrent des avirons et des gilets de sauvetage à l'intérieur.

Ils saisirent ensuite les poignées, transportèrent le canot sur la berge du lac et le firent glisser dans l'eau. La peinture rouge se refléta, formant comme une tache de sang écarlate autour du canot. Après avoir endossé leurs gilets de sauvetage, ils embarquèrent et restèrent assis en silence pendant quelques instants, heureux de sentir le bateau se bercer doucement et les vagues lécher ses flancs.

— Où va-t-on? demanda Ichiro.

— N'importe où, répondit Jacob.

C'était la beauté de la chose. Le *Vieux bazou* était en si mauvais état qu'ils avaient eu peur de s'éloigner de la maison d'Ichiro. Ce nouveau canot était synonyme de liberté. Ils pouvaient aller n'importe où. C'était le début des vacances, ils n'avaient aucune responsabilité et peu importait où ils allaient ou ce qu'ils faisaient. Plaisir garanti.

— Ohé! s'écria Ichiro. La *Frégate écarlate* largue les amarres. Destination inconnue.

— Tu as appelé le canot *Frégate écarlate?*

— Oui.

— Même si les canots n'ont pas de voiles?

— Je n'ai jamais dit que c'était un bon choix.

— Tu as quel âge? Trois ans?

— Hé! Je ne suis pas le seul à donner des noms bébêtes aux choses. Je sais que tu appelais ton ourson en peluche M. Grigou.

— Ouais, quand j'avais *trois* ans.

— Mais tu dors encore avec M. Grigou, pas vrai?

Jacob préféra ignorer ce commentaire et revint à la *Frégate écarlate*.

— Eh bien, ça aurait pu être pire! Tu aurais pu le nommer le *Moteur émeraude*. Ou bien l'*Hélice violette*.

— Ne dis pas de bêtises. Je ne suis peut-être pas un expert en navigation, mais je connais mes couleurs.

Jacob pouffa de rire et plongea son aviron dans l'eau. Un grand plouf s'ensuivit. Ils s'éloignèrent de la berge et s'aventurèrent sur le lac Passage. Ramant en cadence, ils accélérèrent rapidement. Le soleil doré leur réchauffait le dos tandis qu'ils longeaient des résidences estivales valant un million de dollars. Certaines appartenaient à des vedettes de cinéma ou à des athlètes professionnels qui passaient leurs vacances dans la région de Muskoka, mais la plupart des propriétaires étaient de riches gens d'affaires. Un hors-bord les dépassa en grondant; dans son sillage, un skieur nautique les salua de la main. Ils le saluèrent à leur tour.

Le temps passa et ils continuèrent à pagayer; ils contournèrent des coudes, dépassèrent des anses et des criques, entrèrent de plus en plus loin dans le lac Passage, de plus en plus loin de chez eux. L'eau était parsemée d'une multitude d'îlots rocheux, dont certains hébergeaient des maisons de campagne tandis que d'autres étaient trop petits pour accueillir plus qu'une tente.

Ichiro retira son aviron de l'eau et Jacob l'imita. Ils n'avaient fait aucune pause depuis longtemps et leurs muscles brûlaient. C'était une bonne sensation.

— Aimerais-tu mieux combattre cent chevaux de la taille d'un canard ou un canard de la taille d'un cheval? demanda Ichiro.

— Quoi?

Jacob secoua la tête, se demandant s'il avait bien entendu.

— C'est une simple question, reprit Ichiro avec une fausse retenue. Cent chevaux de la taille d'un canard ou un canard de la taille d'un cheval. Qui affronterais-tu? Tu sais, dans un combat jusqu'à la mort?

Jacob avait donc bien entendu la question. Il haussa les épaules, réfléchit un peu avant de se lancer.

— Ai-je des super pouvoirs? Des pouvoirs magiques?

— Pourquoi en aurais-tu?

— J'affronte des canards ou des chevaux qui ont changé de taille. Je suppose donc que ce combat n'a pas lieu dans le monde tel que nous le connaissons.

Ichiro réfléchit un instant.

— Aucun pouvoir. C'est un combat à mains nues. C'est-à-dire mains contre sabots ou mains contre palmes.

— Dois-je combattre les cent chevaux en même temps ou un après l'autre?

— Pourquoi attendraient-ils leur tour? Les chevaux ont beau être tout petits, ils ne sont pas idiots. Ils t'affrontent tous en même temps.

— Très bien, dit Jacob en hochant la tête. Je combattrais les chevaux. Qu'est-ce qu'ils vont faire? M'écraser les orteils jusqu'à ce que je déclare forfait? D'autre part, un canard géant a un bec géant. Cent chevaux de la taille d'un canard… c'est la bonne réponse.

— Il n'y a pas de bonne ou de mauvaise réponse. Mais oui, tu as totalement raison de dire les chevaux. Seul un fou choisirait le canard gros comme un cheval. Une autre question. Si tu pouvais être un des X-Men, lequel serais-tu?

Jacob réfléchit à cette nouvelle question pendant un moment, mais Ichiro répondit le premier, comme s'il l'avait posée pour faire une déclaration plutôt que pour entendre la réponse de Jacob.

— Je serais Wolverine, comme ça je pourrais m'autoguérir. Et je pourrais faire jaillir des griffes de mes mains.

Il serra le poing et passa un doigt sur ses jointures.

— Et toi?

— Ce serait sympa de guérir et d'avoir des griffes, dit Jacob qui hocha la tête en regardant la rive de l'autre côté du lac. Mais je serais le professeur X.

— Le professeur X? Pour lire dans l'esprit des gens?

— Non. Pas pour ses pouvoirs. Parce qu'il fonde une école pour protéger d'autres mutants et se faire de nouveaux amis, comme une famille.

— Tu as des amis. Et une famille, dit Ichiro. Ta mère.

— J'adore ma mère, mais il n'y a que nous deux et elle travaille beaucoup.

— Eh bien, on passera l'été à traîner dehors, répondit Ichiro, l'air compréhensif.

— Merci, Ichiro. J'apprécie. Je veux seulement jouer au baseball, rouler à vélo et faire du canot.

— Ça me semble génial.

Ichiro sourit. Son regard se perdit au loin.

— Moi aussi je veux profiter au maximum de cet été, tu comprends? reprit-il. Je ne saute pas vraiment de joie à l'idée de déménager. Que mes parents soient originaires du Japon ne me rendra pas la chose plus facile. Je n'y suis jamais allé. Tout a l'air d'être complètement différent de ce que je connais au Canada, vraiment tout. Je ne parle même pas très bien le japonais. Au restaurant, je pourrais bien commander une crème glacée au chocolat et me retrouver avec une crème glacée à la pieuvre.

— Une crème glacée à la pieuvre? Tu as inventé ça.

— Absolument pas. Je l'ai vu sur YouTube! Un type a publié une vidéo dans laquelle il en mangeait à peu près la moitié d'un pot.

Ichiro fit semblant de vomir et ils éclatèrent de rire.

— Écoute, je comprends, dit Jacob. Tu as peur que

l'année prochaine soit catastrophique et moi aussi. Alors, arrangeons-nous pour passer un été mémorable. Un été qu'on n'oubliera jamais. Marché conclu?

— Ouais, marché conclu!

Ichiro tourna les yeux vers la berge du lac. Près de l'endroit où ils se trouvaient, il y avait un marais presque caché par le feuillage de grands arbres et de buissons.

— Si on allait explorer ce qu'il y a là-bas avant de rentrer chez nous?

— D'accord, répondit Jacob. C'est le moment idéal pour commencer notre été inoubliable.

Ils se remirent à pagayer et le canot accéléra un peu. Un V s'élargissait dans leur sillage et des vaguelettes roulaient vers la grève. Serrés les uns contre les autres, de petits chalets (le genre où des rideaux séparent les chambres, où les planchers craquent et où l'on trouve des éviers avec des pompes manuelles) entouraient cette partie du lac. Mais leur nombre diminuait à mesure qu'ils s'approchaient du marais. Étrangement, il devait y avoir plus de cinquante mètres entre le dernier chalet et l'ouverture de la voie navigable. Il y avait suffisamment d'espace pour deux ou trois autres petites maisons de campagne.

Un hibou hulula quelque part de l'autre côté du lac. Le son se répercuta clairement sur l'eau, comme si l'oiseau était juste à côté d'eux.

Hou. Hou. Hou.

Hou.

Le hululement se tut brusquement lorsque Jacob engagea le canot dans le marais et il n'y eut plus aucun signe de vie. Des plantes et des arbres tordus avaient poussé de façon anarchique et formaient des murs enchevêtrés des deux côtés du marais, des murs si épais, si touffus que les rayons du soleil les traversaient à peine. Tout était vert foncé, brun et noir. Comparée à celle de la végétation, la couleur rouge du canot était si brillante qu'elle semblait surnaturelle.

Ils longèrent une rangée de poteaux pourris jaillissant de l'eau trouble. Jacob eut l'impression de voir le squelette englouti d'un monstre marin noyé qui se décomposait dans ce paysage aquatique désolé où le temps semblait tourner au ralenti.

La voix d'Ichiro résonna derrière lui.

— Fais-moi une promesse, Jake.

— Bien sûr. Quelle promesse?

— Si le Kalapik me mange, dis à mes parents que je les aime. Puis efface l'historique de navigation de mon ordinateur.

— Le Kalapik n'existe pas, répondit Jacob en s'esclaffant.

— Ouais, je sais. Mais s'il existe, c'est ici qu'il habite.

À ces mots, Jacob redevint le garçon de six ans que sa mère bordait le soir. Il la revit tendant la main pour éteindre sa lampe de chevet et hésiter avant de demander :

— Tu sais que tu as fait quelque chose de mal aujourd'hui, n'est-ce pas, Jake?

Le petit Jacob avait remonté sa couverture jusqu'à son menton et avait fait signe que oui. Sa mère avait ajouté :

— J'ai eu tellement peur. Je pensais t'avoir perdu.

Ses yeux s'étaient remplis de larmes et elle s'était tue un bref instant avant de reprendre la parole.

— J'ai cru que le Kalapik t'avait attrapé.

Jacob avait été parcouru par un frisson.

— C'est quoi le Kalapik?

Sa mère avait soupiré.

— Un monstre griffu, aux yeux noirs et à la peau verdâtre couverte de longs poils. Il vit au fond du lac, vole les enfants qui désobéissent à leurs parents et il les garde pour toujours. Tu ne dois plus jamais aller te baigner tout seul. Tu m'entends?

Il avait éclaté en sanglots, s'était agrippé au bras de sa mère et lui avait promis de ne plus jamais aller au lac sans elle. Il l'avait suppliée de laisser la lumière allumée et de passer la nuit dans sa chambre, à côté de lui, pour empêcher le Kalapik de venir le chercher.

À l'école, il avait bientôt découvert que d'autres parents avaient défendu à leurs enfants d'aller nager ou faire du canot tout seuls, car le Kalapik les entraînerait au fond du lac. Quelques années plus tard, quand Jacob avait dix ans, Colton, un de ses compagnons de classe, disparut. Une équipe de recherche avait passé les bois au peigne fin et la police avait sondé le fond de tous les lacs dans un périmètre de trente kilomètres autour de Valeton, mais on n'avait jamais retrouvé le corps du garçon. Même si tous les enfants de la classe de Jacob étaient trop vieux pour croire qu'il y avait un monstre dans un des lacs de Valeton, une rumeur s'était rapidement répandue à l'école : on avait retrouvé le pédalo de Colton flottant à la dérive sur le lac et le garçon avait été la dernière victime du Kalapik.

C'était ridicule, bien entendu. En vieillissant, Jacob avait compris que les adultes de la ville utilisaient la légende du Kalapik comme tactique pour faire peur à leurs enfants et les empêcher d'aller se baigner sans supervision. Un jeune enfant qui nageait tout seul risquait de se noyer dans le lac. Mais cela n'arriverait pas s'il était trop terrifié par un monstre pour tremper ne serait-ce qu'un orteil dans l'eau.

— Tu ne trouves pas, Jake? demanda Ichiro.

Sa voix légèrement agacée tira Jacob hors du passé et le ramena au temps présent, au canot rouge et au sombre marécage.

— Je ne trouve pas quoi?

— Que ça ressemble à l'endroit où pourrait vivre le Kalapik?

— Oh! Hum, répondit Jacob qui se redressa et s'éclaircit la voix. J'imagine que oui.

Il ne voulait plus parler du Kalapik. Depuis quelques années, il avait réussi à garder la créature, et Colton, hors de ses pensées et il voulait que cela reste ainsi. Par chance, il vit quelque chose qui lui permit de changer le sujet de conversation.

— Regarde devant, dit-il.

Le marécage débouchait sur un plan d'eau plus vaste sur lequel pouvait de nouveau se faufiler la lumière du soleil. Ils s'y dirigèrent et étudièrent l'environnement. L'eau était limpide et calme, idéale pour la baignade. Les arbres étaient grands, pourvus d'un feuillage luxuriant. Sur la rive opposée se trouvait l'endroit rêvé d'où plonger, une impressionnante falaise rocheuse haute de dix mètres. Et pourtant, on ne voyait ni chalet ni maison aux alentours. C'était comme s'ils venaient d'entrer dans un lac séparé, oublié du temps, une étendue d'eau pas encore découverte. *On est comme les anciens explorateurs*, pensa Jacob.

— Toto, j'ai l'impression que nous ne sommes plus au Kansas, dit Ichiro, citant une phrase du *Magicien* d'Oz. Ce doit être un lac différent, pas vrai? Il est encore plus beau que le lac Passage.

Jacob chercha dans ses souvenirs et se rappela une carte de la région qu'il avait étudiée.

— Ouais, je pense qu'il s'appelle... Seppu... Seppuk... oh! Je me rappelle. C'est le lac Sepequoi.

Le lac et ses environs étaient silencieux, et le bruit des avirons éclaboussant l'eau semblait assourdi. Jacob se frotta les oreilles. Il avait l'impression qu'elles subissaient une incroyable pression.

Ichiro fit de même.

— Tu sens ça? demanda-t-il.

— Oui. Qu'est-ce qui se passe?

— Je ne sais pas.

Pendant qu'ils frottaient leurs oreilles et parlaient de l'étrange sensation qu'ils éprouvaient, celle-ci se dissipa lentement. L'eau qui léchait les côtés du canot devint soudain plus bruyante. Elle avait l'air de jouer une mélodie douce et réconfortante. *Splish-splish splash. Splish-splish splash splash, splash-splash-splash.*

Au milieu du plan d'eau, il y avait une île solitaire, étouffée par les arbres sombres qui cachaient ce qu'il y avait en son centre. Des roches grisâtres striées de minéraux rouges bordaient la grève.

Ils se remirent à ramer et parcoururent en silence le reste de la distance qui les séparait de l'île. Elle ne paraissait pas très éloignée, mais — c'était peut-être une illusion d'optique — elle semblait reculer à mesure qu'ils s'approchaient. Des nuages gris cendre se déployèrent dans le ciel comme un voile.

Puis, comme si le temps avait sauté une seconde, l'île apparut soudain devant eux avec ses grands pins imposants. Sans brise pour faire pencher leurs branches, les arbres étaient immobiles comme des statues.

Le canot heurta doucement la berge rocheuse et tourna lentement pour se positionner parallèlement à la grève.

— Cet endroit me fait une drôle d'impression, dit Jacob qui essayait de regarder à travers les arbres, mais ne voyait que l'obscurité.

— À moi aussi, acquiesça Ichiro.

— Tu veux qu'on rentre à la maison?

— Tu plaisantes? répliqua Ichiro en souriant. Cette île est bizarre et, je l'admets, un peu effrayante. Mais il n'est pas question de rentrer chez nous avant de l'avoir explorée!

Jacob lui rendit son sourire.

— Bien. Je pense comme toi.

Il attrapa la corde et chercha des yeux une branche basse assez solide pour retenir leur embarcation.

— Attends, dit Ichiro en pointant le doigt au-dessus

de l'épaule de Jacob.

Un peu plus loin, il y avait un quai, vieux et déglingué, mais assez solide pour retenir leur canot dans l'eau calme.

Comment se fait-il que nous ne l'ayons pas vu avant? se demanda Jacob. Ils ramèrent et Jacob sauta de l'embarcation. Après avoir attaché la corde à un taquet, il aida Ichiro à monter sur le quai. Le bois bougea et gémit sous leur poids. Les deux amis se dirigèrent vers la terre ferme avant que le quai ne décide qu'il ne voulait plus les supporter.

Un étroit sentier formait un trou noir dans les bois. On aurait dit qu'il avait déjà été assez large pour accueillir un camion, mais, avec le temps, les broussailles avaient réclamé leur dû. Désormais, il semblait n'être utilisé que par les animaux sauvages de passage.

Jacob sentit quelque chose le tirer en avant, le défiant de regarder.

L'île avait beau être silencieuse et isolée, il y avait une tonne d'énergie dans l'air. C'était difficile de se concentrer, difficile de réfléchir. Jacob sentit un mal de tête sur le point de se déclarer : de petites vrilles creusaient l'extrémité de son cerveau. Il ferma les yeux et se frotta le front.

— Hé! Regarde!

Inconscient du malaise de Jacob, Ichiro indiqua

quelque chose au-dessus de leurs têtes. Ils aperçurent un morceau de métal rouillé entre des branches. Il était recourbé et formait une dentelle compliquée. Un seul mot était lisible entre les feuilles :

FIN

Jacob saisit une branche et la plia de façon à pouvoir lire le reste de l'écriteau. La branche se cassa aussitôt et il la laissa tomber sur le sol. L'écorce paraissait saine, mais le centre était noir et en décomposition. On aurait dit un os cassé avec de la moelle pourrie au milieu. L'arbre se mourait lentement de l'intérieur. Jacob savait que la pourriture du cœur était une maladie causée par un champignon. Mais il croyait qu'elle n'affectait que les vieux arbres, pas des arbres si petits, si jeunes.

Il put enfin lire le reste de l'écriteau :

FIN DE L'ÉTÉ

— C'est une barrière, dit Ichiro.

— Sur une île. Au milieu de nulle part. Où sommes-nous?

— Aucune idée.

— On va le découvrir, répondit Jacob en haussant les épaules.

Plus ils avançaient sur l'île, plus l'air devenait chaud et lourd. Ce n'était pas vraiment désagréable, et il s'en exhalait une odeur de mousse et de baies sauvages. Jacob vit beaucoup de mousse, couvrant le sol comme un tapis vert et spongieux, mais il n'y avait pas de baies.

— Tu sais ce qu'il y a d'étrange? demanda Ichiro alors qu'ils se penchaient sous les branches et zigzaguaient dans la végétation.

Il y a plein de choses étranges, pensa Jacob. *Plein de choses étranges sur cette île.*

— Quoi? demanda-t-il.

— Aucun moustique ne m'a piqué. Je n'ai même pas eu à en écraser un.

Dans une végétation aussi dense, c'était vraiment bizarre.

Ils poursuivirent silencieusement leur chemin jusqu'au centre de l'île.

Ils firent encore quelques pas, puis le sentier s'arrêta brusquement et s'élargit pour révéler une grande clairière. Une allée en gravier conduisait à la porte d'entrée d'une imposante maison.

Le mal de tête de Jacob commença à s'estomper.

Entourée d'arbres et des buissons enchevêtrés, la maison se trouvait à l'extrémité de la clairière. À l'arrière-plan, contre le ciel gris, sa cheminée de briques rouges, la seule tache de couleur de la maison noire et grise semblait incongrue. L'absence de couleur donnait à la maison une apparence de chose morte; on aurait dit un tas d'ossements empilés, dépouillés de leur chair par le passage du temps, de la pluie et du soleil. Avec son toit incliné et la grande fenêtre en saillie au-dessus de la porte, elle avait l'air bossue. Une lucarne affleurait à l'étage. Jacob détourna le regard et, du coin de l'œil, il crut voir bouger quelque chose, mais quand il regarda de nouveau, il n'y avait rien. Des fissures balafraient les planches pourries de la façade. La plupart des fenêtres du rez-de-chaussée étaient sales et obturées. Le porche était couvert d'une couche de boue, mais la porte paraissait étonnamment en bon état.

Sur un poteau rouillé à côté de la maison, dans une plate-bande de fleurs envahie de mauvaises herbes, ils aperçurent un écriteau en fer forgé identique à celui qu'ils avaient vu près du quai :

FIN DE L'ÉTÉ

— Alors, c'est la Fin de l'été, dit Ichiro. D'après toi, qui habite ici? Un tueur en série ou une vieille folle et ses chats?

— Ni l'un ni l'autre, j'espère, répondit Jacob. As-tu déjà vu un endroit pareil?

Ichiro fit signe que non.

— On dirait que la maison est inhabitée depuis des décennies, reprit Jacob.

— Sans blague, la femme aux chats tueuse en série devrait passer un peu de temps à réparer les joints.

Jacob éclata de rire. Un rire sincère, bien qu'un peu nerveux.

— Laisse-moi deviner : tu veux voir l'intérieur de la maison.

— Je veux voir l'intérieur, répondit Ichiro.

— Moi aussi.

Il consulta sa montre. Il était dix-huit heures et des poussières. Sa mère avait un nouveau quart de travail au restaurant *Le plat chaud* et ne rentrerait que très tard, mais Jacob ne voulait pas être encore sur le lac quand il commencerait à faire noir.

— Cinq minutes. Après, il faut rentrer.

— Évidemment.

Pendant qu'ils traversaient la clairière, Ichiro indiqua un rocher qui s'effritait; il était couvert de mousse et de lierre.

— C'est là que j'enterrerais des parties de corps. Si j'étais une tueuse en série, tu sais... avec vingt-neuf chats.

Les marches à l'avant de la maison s'affaissèrent quand ils posèrent le pied dessus. Après un bref moment d'hésitation, Jacob trouva le courage de frapper à la porte. Le son se répercuta dans la clairière. Ils guettèrent un bruit de pas de l'autre côté, mais il n'y avait que la plainte du vent dans leurs dos. Jacob saisit la poignée, mais il retira aussitôt sa main.

— Qu'est-ce qu'il y a? demanda Ichiro.

— Elle est glaciale.

D'une main hésitante, il agrippa de nouveau la poignée. La porte épaisse était retenue à son cadre par de grosses charnières de fer. Elle était si lourde que Jacob dut la pousser avec son épaule, mais elle s'ouvrit sans faire de bruit.

Des rayons de lumière entrèrent dans le vestibule par la porte ouverte.

— A... Allô? cria Jacob, espérant qu'Ichiro ne se moque pas de lui par la suite à cause des trémolos dans sa voix. Il y a quelqu'un?

Aucune réponse.

Toutes les surfaces étaient couvertes de poussière. Des toiles d'araignées emmêlées adhéraient au plafond. Quatre portes fermées s'alignaient dans un long corridor étroit, cachant ce qui se trouvait à l'intérieur.

Jacob se mit à imaginer un assortiment d'horreurs camouflées derrière chacune de ces portes. Il avait regardé trop de films d'horreur et lu trop de romans de Stephen King. Son imagination rendait les choses pires qu'elles ne l'étaient en réalité. Ce n'était qu'une vieille maison abandonnée depuis des années. Rien d'autre.

— Très bien, dit-il. J'en ai assez vu. Partons d'ici.

L'air distrait, Ichiro hocha la tête. Son regard était tombé sur une petite table près de la porte d'entrée. Une boule à neige dans laquelle un garçon et une fille faisaient un bonhomme de neige retint son attention. Il la prit. Quelques notes carillonnèrent dans sa main, un vestige de la dernière fois où, jadis, quelqu'un avait tourné la clé métallique. Cette musique inattendue le fit sursauter et il faillit laisser tomber la boule. Jacob frémit et, affolé, il regarda autour de lui, craignant que cette musique n'ait réveillé quelque chose. Encore une fois, son imagination lui jouait des tours. À quoi s'était-il attendu? À ce qu'un fou surgisse de derrière une porte, armé d'une hache?

Rien n'arriva. Ichiro remit la boule sur son empreinte circulaire dans la poussière.

À côté, il y avait une photo dans un cadre de bois sur lequel les mots suivants étaient gravés :

Famille
Là où la vie commence
et où l'amour ne finit jamais...

Il y avait un morceau de papier lustré déchiré au bas du cadre, comme si une vieille photo avait été rapidement enlevée. Ichiro prit le cadre pour l'examiner de plus près.

Le regard de Jacob fut attiré par quelque chose de scintillant.

— Qu'est-ce que c'est? Au dos?

Ichiro retourna le cadre. C'était un collier, collé derrière le cadre avec du ruban adhésif. Ichiro le détacha. Le ruban jauni faillit se désintégrer au contact de ses doigts. Le collier était argent. Un médaillon en forme de C majuscule pendait au bout de la mince chaînette. Au bout du C, il y avait une petite pierre rouge semblable au minerai incrusté dans la grève rocheuse de l'île.

Elle tournait de façon hypnotique tandis que Jacob se demandait à qui elle avait pu appartenir et pourquoi on avait caché le collier dans le vestibule.

Avant qu'ils n'aient eu le temps de comprendre ce qui se passait, une ombre se déplaça sur le mur du fond.

— Qu'est-ce que c'était? chuchota Jacob sur un ton angoissé, le corps raidi.

— Je ne sais pas, répondit Ichiro. Partons d'ici.

Le collier lui échappa, tomba bruyamment sur le plancher et glissa sous la table, mais les garçons n'entendirent rien.

Ils firent volte-face et sortirent de la maison en courant. Sans s'arrêter pour refermer la porte, ils prirent leurs jambes à leur cou, dépassèrent l'écriteau, le puits et traversèrent la clairière. Ils s'arrêtèrent à l'orée du bois et jetèrent un regard derrière eux.

Le temps s'était arrêté. L'herbe ondulait sous le souffle du vent frais entre les arbres et le sol évoquait une vague déferlante. Autour d'eux, les arbres bruissaient avec impatience. Jacob respira pour la première fois depuis qu'ils s'étaient enfuis de la maison. Les yeux écarquillés, il regarda la porte ouverte.

Quelque chose bougeait à l'intérieur. Il agrippa le bras d'Ichiro et se prépara à repartir en courant. Quelque chose apparut alors en bondissant, descendit les marches et atterrit doucement dans l'herbe.

C'était un lapin. Il se redressa sur ses pattes arrière et regarda dans leur direction. Son museau tressauta tandis que ses oreilles dressées se balançaient d'un côté à l'autre. Après un instant, il partit en sautillant dans les bois.

Jacob et Ichiro éclatèrent de rire, leurs corps secoués pendant presque une minute. Pour plaisanter, Jacob donna un coup de poing sur le bras d'Ichiro qui lui rendit la pareille. Ils se retournèrent et se dirigèrent vers le canot.

—Je savais depuis le début que c'était un lapin, dit Ichiro.

—Menteur! J'ai vu ton visage. Tu avais aussi peur que moi.

— Ça va. Le lapin m'a terrifié.

Pendant qu'ils marchaient, Ichiro écarta de leur chemin la branche basse d'un pin.

En approchant de l'eau, loin du cœur de l'île et de la maison, Jacob eut l'impression que ses pieds étaient plus lourds. Comme si ses souliers étaient pleins d'eau. Comme si quelque chose essayait de le retenir.

Le monde était une silhouette et les arbres étaient des ombres noires se découpant contre l'éblouissant ciel d'été. Le canot heurtait doucement le côté du quai.

Tandis qu'ils pagayaient sur le lac étincelant, Jacob dit :

— Cette île est vraiment chouette.

— Ouais, répondit Ichiro en se retournant pour regarder Jacob. Demain, je vais chez ma tante, mais on reviendra bientôt ici. L'île pourrait être notre refuge, cet été. J'ai l'impression qu'il reste bien des choses à voir. Qu'en penses-tu?

— Je ne pense pas que je pourrais m'en éloigner, même si je le voulais, répondit Jacob.

Pour une raison qu'il ne pouvait vraiment expliquer, il se sentit aussitôt assailli par un sentiment de doute et d'anxiété. Il chassa ce pressentiment et plongea son aviron dans l'eau calme.

Devant eux, le soleil éclairait le chemin vers leurs maisons. Derrière, des spirales de brume montèrent de la surface du lac et entourèrent l'île, l'enveloppant dans un brouillard.

TROIS

Le 5 juillet

Jacob courait de toutes ses forces, mais il n'allait pas assez vite. Il sautait par-dessus des racines et des pierres, se courbait sous des branches basses. Son cœur battait la chamade. Ses poumons brûlaient et sifflaient. Il avait beau forcer ses jambes à accélérer, agiter ses bras plus rapidement, c'était encore trop lent.

La créature s'approchait de lui.

Il atteignit miraculeusement l'orée du bois avant de se faire attraper, mais alors...

Il s'arrêta brusquement et enfonça ses pieds dans la terre. Il avait presque dépassé le bord de la falaise. Affolé, il regarda par-dessus la corniche. Ce devait être une chute de plus de cinq cents mètres. Il avait l'impression de se balancer au sommet de la Tour CN. Très loin au-dessous, il vit une étendue d'eau froide et bleue, solide comme du béton, qui criait son nom.

Il se détourna rapidement, mais c'était trop tard.

Le lapin surgit de la rangée d'arbres et s'envola dans les airs en poussant un cri terrifiant. Jacob leva les bras pour protéger son visage. Le lapin atterrit dans ses mains. Il recula en trébuchant et ils tombèrent,

tombèrent, tombèrent...

Il se réveilla avant d'atteindre l'eau. Il mit un moment avant de comprendre qu'il avait rêvé. Il serrait M. Grigou dans ses mains. Il rejeta son ourson et contempla le plafond comme s'il attendait que s'estompe cette sensation de vertige. Son cœur retrouva lentement son rythme normal.

— Satané lapin, marmonna-t-il.

Il saisit son téléphone sur la table de chevet pour savoir quelle heure il était : 10 h 07. Il envoya un message texte à Ichiro.

Quoi de neuf?

Puis il fit quelques parties d'*Angry Birds*, sans toutefois parvenir à se concentrer suffisamment pour détruire les cochons verts. D'un geste désinvolte, il lança le téléphone à côté de lui sur le lit et se frotta les yeux pour en chasser le sommeil.

Son téléphone émit un bip. Ichiro avait répondu.

Rien que du vieux.

T'es nul.

Je veux retourner

à l'île. Et toi?

Un instant plus tard, le téléphone émit un autre bip.

Absolument.

J'en ai rêvé toute la nuit.

Retournons-y quand je reviendrai

de chez ma tante. OK?

OK

Jacob ouvrit un navigateur et chercha « lac Sepequoi ». C'était bien le nom, il ne s'était pas trompé. Il cliqua sur la carte et zooma. Il vit la courte voie navigable qui le reliait au lac Passage. La petite île qu'ils avaient découverte était bien là, au milieu de l'étang. Espérant voir apparaître un nom, il zooma autant que la carte le permettait, mais il n'y avait rien. Il consulta une vue par satellite et l'île devint brune et verte, mais la Fin de l'été n'était pas visible — les grands arbres de l'île devaient camoufler la maison. L'estomac de Jacob gargouilla. Il éteignit son téléphone et descendit en quête de nourriture.

De délicieux arômes de bacon, d'œufs, de fromage et de grains de café fraîchement moulus embaumaient la cuisine. Assise à la table, sa mère sirotait une tasse de café brûlant tout en faisant les mots croisés du journal.

— Marmotte, dit-elle sans lever les yeux quand il entra dans la pièce.

Un rayon de soleil matinal traçait un sentier au

milieu de la table.

— Il est à peu près dix heures dix, répondit Jacob. La plupart de mes amis ne se lèvent pas avant midi.

— Hein?

Elle leva les yeux et, les sourcils froncés, elle regarda son fils, puis elle comprit et son visage s'adoucit.

— Oh non, pas toi! dit-elle en riant. Un mot de huit lettres pour désigner une personne fatiguée. Marmotte. C'est une grille de vingt-sept, précisa-t-elle en tapotant le mot croisé.

— Ah! Je vois, dit Jacob, qui leva les mains et sourit. Tout est pardonné.

— Eh bien, Dieu merci.

Sa mère lui rendit son sourire et retourna à sa grille.

— Le petit déjeuner est dans le four. Sers-toi.

— Merci, maman.

Jacob se hâta de prendre une assiette et d'y déposer une part de la *strata*. De la vapeur s'échappa des couches de pain et du fromage fondu se répandit dans l'assiette. C'était son petit déjeuner préféré. Il se versa un verre de jus d'orange, en but une gorgée et commença à se sentir un peu plus humain. Son rêve bizarre de lapin était tombé dans l'oubli.

Après avoir dévoré sa première portion, il revint à la table avec une deuxième. Sa mère posa son crayon.

— Alors, vas-tu me dire pourquoi tu es rentré si tard

à la maison hier soir?

— Euh…

Jacob hésita, puis il décida qu'il était inutile de mentir. Il n'avait rien fait de mal.

— Comme tu devais travailler tard, j'ai pensé que ça ne te dérangerait pas. Comment l'as-tu su?

— Je t'ai appelé sur ton cellulaire, mais tu n'as pas répondu. J'ai donc téléphoné à la maison et tu n'as pas décroché.

— Pourquoi?

— Je ne trouvais plus mon collier et j'ai pensé qu'il était peut-être tombé dehors. J'aurais aimé que tu vérifies pour moi. Et ne change pas de sujet.

— Tu l'as retrouvé? Ton collier?

Elle le tira de sous le col de son chemisier. Jacob reconnut la pierre verte suspendue à une chaînette argentée.

— Quand je suis rentrée, il était dans la soucoupe sur ma table de chevet. J'avais dû oublier de le mettre. Et, je te le répète, ne change pas de sujet.

Jacob leva les mains en signe de reddition et pouffa de rire.

— D'accord, d'accord. Je ne peux rien te cacher, pas vrai?

— Évidemment. Je suis ta mère.

— Eh bien, voici la vérité, dit-il, décidant de ne livrer que la *moitié* de la vérité. Ichiro a reçu en cadeau un canot neuf vraiment formidable. Il lui a donné un nom idiot, mais le canot est vraiment génial. On s'est promenés sur le lac. C'était fantastique et le temps a passé sans qu'on s'en aperçoive. Mais comme je savais que tu faisais des heures supplémentaires, j'ai pensé que ce n'était pas très grave. T'ai-je dit comme c'était fantastique?

— Ouais, je crois que tu me l'as dit. Mais pourquoi n'as-tu pas répondu à ton téléphone?

— Il n'a pas sonné.

Jacob sortit le téléphone de sa poche et consulta l'historique des appels.

— Ton coup de fil n'est pas enregistré, dit-il en montrant l'écran à sa mère.

— C'est curieux.

Elle vérifia l'historique des appels sur son propre téléphone.

— C'est là. Regarde, je t'ai bien appelé à 18 h 06.

— On était...

Jacob se tut. Il avait été sur le point de dire « sur l'île », mais il préféra réécrire l'histoire, juste un peu.

— À ce moment-là, on rentrait à la maison. La technologie, hein?

— Oui, je suppose. Eh bien, je suis contente que tu n'aies pas décidé d'ignorer mon appel. C'est idiot, mais, quand j'ai vu que tu ne répondais pas, j'ai pensé au Kalapik pour la première fois depuis des années.

— Je ne suis plus un bébé, maman. Tu n'as pas à t'inquiéter à mon sujet.

— Je m'inquiéterai aussi longtemps que je le voudrai, ce qui, pour information, veut dire toujours. Les mères sont comme ça.

— C'est drôle, dit Jacob, même si ce n'était pas drôle du tout. Ichiro a parlé du Kalapik hier, lui aussi.

Il enfourna une autre bouchée du plat. Il craignait de perdre bientôt l'appétit si la conversation se poursuivait dans ce sens, et il ne voulait pas gaspiller une miette de son déjeuner.

— Ce n'est pas un peu tordu de mentir aux enfants comme ça?

Sa mère soupira.

— J'ai utilisé le Kalapik pour te garder en sécurité quand tu étais trop petit pour aller tout seul sur le lac. Tous les parents de la ville l'ont fait, y compris les miens quand j'étais jeune. Tu le comprendras quand tu auras tes propres enfants, Jake. Tu feras et diras n'importe quoi pour les écarter du danger.

— Même mentir?

— Oui, même mentir. Et le Kalapik n'est qu'un pieux mensonge. Tellement d'enfants ont disparu sans laisser de trace au fil des ans.

— Colton, par exemple, dit sèchement Jacob.

— Oui, Colton. Je me rappelle avoir pensé : si ça lui

arrive à lui, ça pourrait t'arriver à toi. Je vois encore sa mère errer dans la ville en baragouinant des paroles inintelligibles. Elle n'a plus jamais été la même après la disparition de son fils. Après que son mari...

Elle s'interrompit, comme si elle ne voulait pas dire à son fils ce qui était arrivé aux parents de Colton après qu'il eut disparu, mais Jacob le savait. Valeton était une petite ville, et tout le monde était au courant. Le père de Colton s'était pendu dans le grenier, et sa mère, déjà aux prises avec une grosse dépression, avait craqué. Elle passait ses journées à déambuler dans la rue Principale, vêtue de sa robe de chambre violette, sale, parlant toute seule et suppliant tous les passants. L'automne précédent, Jacob l'avait entendu dire « *Aide-moi, aide-moi* » quand il était passé à côté d'elle sur son vélo. « *Aide mon fils* ». Il avait ralenti temporairement, mais s'était remis à pédaler rapidement quand il avait vu son regard rivé sur lui. Il en avait eu froid dans le dos.

— En tout cas, poursuivit la mère de Jacob, le ramenant à l'instant présent et à la table de la cuisine, je ne voulais pas finir comme la mère de Colton ou les autres parents qui avaient perdu leurs enfants dans le lac Passage. C'est pour ça que je t'ai fait peur avec les histoires du Kalapik. C'est juste le Bonhomme Sept Heures de Valeton, inventé il y a des années pour garder nos enfants à l'abri du danger.

Elle souffla bruyamment par le nez — c'était presque un rire.

— Et tu peux me croire, ça marche.

Sans blague, songea Jacob. Mais jusqu'à quel point les enfants de Valeton étaient-ils vraiment à l'abri du danger? Il repensa à l'écriteau aux limites de la ville.

Veuillez garder nos enfants.

Et surtout, ne les ramenez pas.

Il chassa cette pensée et dit :

— Je comprends, maman.

— Je t'aime, Jake. De tout mon cœur. Alors la prochaine fois que tu voudras rester dehors avec tes amis, envoie-moi un message texte, d'accord?

— Bien sûr, pas de problème.

Il se leva, serra sa mère dans ses bras et porta son assiette jusqu'à l'évier.

— Enfin, si mon cellulaire fonctionne la prochaine fois que j'irai faire du canot avec Ichiro.

Sa mère hocha la tête.

— Reste loin de la zone morte où vous êtes allés tous les deux hier.

Jacob sortit de la cuisine sans répondre. Il était hors de question qu'il se conforme à cette requête. S'il n'en tenait qu'à lui, il serait déjà dans le canot en route vers le lac Sepequoi, vers l'île, vers la Fin de l'été.

QUATRE

Le 11 juillet

Le ciel était d'un bleu si clair, si pur, qu'il était difficile de se rappeler comme la Fin de l'été avait paru sinistre quand ils l'avaient découverte, une semaine plus tôt.

— Je ne veux pas que mes parents se sentent obligés d'acheter mon affection, dit Ichiro, mais je suis vraiment content qu'ils m'aient offert la *Frégate écarlate* dans ce but.

— Moi aussi. Mais j'insiste : c'est un nom idiot.

Ils éclatèrent de rire et Jacob saisit la poignée de la porte. Elle était encore froide malgré la chaleur intense du soleil estival qui dardait ses rayons sur elle.

— Attends, dit nerveusement Ichiro.

Jacob sursauta.

— Quoi?

— Avant d'ouvrir la porte, rappelle-toi : méfie-toi des lapins.

— Toi, tu ferais mieux de te méfier de mes poings si tu me fais encore peur comme ça, répliqua Jacob avec bonne humeur.

Il ouvrit la porte et fronça les sourcils.

— Hé, Ichiro?

— Oui? demanda celui-ci sur un ton inquiet.

— On n'avait pas laissé la porte ouverte quand on s'est sauvés en courant?

— Le vent a dû la refermer, répondit Ichiro, mais sa voix manquait d'assurance.

Ils examinèrent quelques instants l'intérieur de la maison avant d'entrer.

Une fois dans le vestibule, Ichiro jeta un coup d'œil à la porte ouverte.

— Ne la referme pas, dit-il.

— Je n'en avais pas l'intention.

C'était une belle journée de juillet et un soleil chaud entrait par la porte, les fenêtres et les trous dans la façade. Pourtant il faisait froid et sombre dans le corridor. Tout était exactement comme la dernière fois. La table, le cadre avec les mots qui y étaient gravés, la boule à neige, les toiles d'araignées et la poussière.

— Pas de lapin, dit Jacob.

— Pas de lapin, confirma Ichiro.

C'était censé être une blague, mais ni l'un ni l'autre ne rit.

— Je ne l'avais pas remarqué avant, mais ici, le bois paraît plus foncé qu'ailleurs dans le corridor, dit Ichiro en indiquant le plancher.

De la main, il traça un grand cercle autour de leurs pieds.

Jacob s'accroupit et gratta le bois avec l'ongle de son

pouce. Quelque chose de brun foncé se détacha et resta coincé sous son ongle.

— On dirait que c'est taché.

Ichiro se racla la gorge.

— On continue?

— On a fait tout ce chemin, répondit Jacob en haussant les épaules.

Il essuya sa main sur son short, regrettant d'avoir touché le plancher sale. Il n'était pas certain de vouloir aller plus loin. Mais il ne pouvait le dire à voix haute. Ichiro risquait de lui rappeler sans cesse, même s'il n'était pas pressé d'avancer lui non plus.

Ils regardèrent chacune des portes fermées dans le couloir, aussi nerveux que des participants à un jeu télévisé. *Je prends ce qui se trouve derrière la porte numéro trois!*

— Bon, par quoi on commence? demanda Ichiro.

— On pourrait commencer par la gauche et faire le tour du rez-de-chaussée dans le sens des aiguilles d'une montre.

— Bonne idée. C'est pour ça que tu es le chef.

— Qui a dit que j'étais le chef?

— Moi, maintenant.

Ichiro fit un geste vers la première porte à leur gauche.

— En partie parce que tu es tellement brillant, et en partie parce que ça signifie que tu dois entrer le premier.

Jacob soupira, mais il franchit le seuil d'une pièce qui ressemblait à un salon. D'épais rideaux couvraient les fenêtres et plongeaient la pièce dans l'obscurité. Leurs yeux s'ajustèrent graduellement au changement d'éclairage et le lieu révéla lentement ses secrets. Un canapé en tissu imprimé à fleurs et une chaise en bois étaient repoussés contre le mur, face à une petite table sur laquelle reposait un ancien gramophone recouvert de poussière, le genre avec un gros cornet et une manivelle sur le côté. Les mots *Victor V. Phonographe* étaient gravés sur une petite plaque de métal à sa base. Des tableaux de lacs et de forêts étaient accrochés aux murs ainsi qu'une broderie au point de croix encadrée sur laquelle on pouvait lire *La famille est tout*. Si l'on oubliait la poussière, la saleté et les toiles d'araignée emmêlées qui pendaient du plafond et des lustres, la pièce semblait toujours habitée. On avait l'impression que quelqu'un pouvait entrer d'un moment à l'autre et s'asseoir sur le canapé pour écouter de la musique.

Jacob traversa le salon pour examiner le phonographe. Il n'en avait jamais vu un vrai, à part dans les films ou sur des images.

— C'est plutôt sympa, dit-il.

Il y avait un disque sous l'aiguille. Il l'épousseta et déchiffra le titre.

Wiegenlied, op. 49, no. 4
Guten Abend, gute Nacht
Johannes Brahms

Ichiro s'approcha et regarda par-dessus l'épaule de son ami.

— C'est de l'allemand, dit Jacob.

— Je ne savais pas que tu parlais allemand.

— Je ne parle pas allemand, mais je reconnais cette langue. Je pense que *guten* veut dire « bonne » et que *Nacht* veut dire « nuit ».

— Eh bien, bonne nuit à vous, M. Brahms. Viens, dit Ichiro en souriant et en poussant Jacob. Il n'y a rien d'utile ici. Allons voir ailleurs.

Jacob jeta un dernier regard au phonographe. Il aurait bien aimé voir s'il fonctionnait encore, mais Ichiro avait déjà disparu et il ne se sentait pas très à l'aise à l'idée de rester seul dans ce salon.

À son grand regret, il sortit sans tester la manivelle.

Il ne fonctionne probablement plus, il est si vieux, se dit-il en guise de réconfort.

Il suivit Ichiro dans la pièce suivante. Le plancher de bois craqua sous ses pieds. Il eut l'impression d'entendre des bruits de pas derrière lui et, l'espace d'un instant, il se sentit désorienté. Il s'arrêta et regarda derrière son épaule, dans le salon. Le canapé, la chaise, la table, le gramophone... Rien n'avait bougé.

Se persuadant d'avoir imaginé les bruits de pas, il rejoignit Ichiro dans la pièce suivante. Elle n'était pas très grande; une table tarabiscotée occupait presque tout l'espace. Jamais Jacob n'en avait vu une aussi grande. Une douzaine de chaises l'entourait; au milieu, il y avait des chandelles consumées jusqu'au socle de leurs bougeoirs. Contre le mur, un vaisselier aux portes vitrées était rempli d'assiettes, de bols en porcelaine fine et de verres de cristal.

—J'ai tellement faim, dit Ichiro en regardant le vaisselier avec envie. Pourquoi n'avons-nous pas apporté quelque chose à manger?

Il ouvrit un tiroir et regarda à l'intérieur. Il était plein d'argenterie.

— Hé! Jake! Regarde ça.

Il sortit une vieille photo sépia camouflée sous les couverts. Le papier était chiffonné. On y voyait un couple en vêtements démodés, le jour de leur mariage. L'homme barbu à l'air sévère était assis sur une chaise de bois tandis que la jeune mariée svelte aux cheveux noirs se tenait debout derrière lui, un bouquet de fleurs dans les mains. Le blanc de ses yeux semblait surnaturellement clair, comme si la photo avait été surexposée par endroits.

— Le coin est déchiré, remarqua Ichiro.

Jacob pensa au cadre vide dans le vestibule.

— Elle doit avoir été arrachée et cachée dans le tiroir. Le couple s'est peut-être querellé?

— Tu es un génie.

Jacob secoua la tête.

— Pas vraiment. J'ai juste le don de relier les points. Tourne-la, ajouta-t-il en montrant la vieille photo.

Quand Ichiro le fit, ils virent des mots calligraphiés au dos.

James et Tresa, 1906
Une grande aventure est sur le point de commencer.

— Tresa? s'étonna Ichiro. C'est la première fois que j'entends ce nom.

Il remit la photo à l'endroit et regarda les yeux perçants de la jeune femme.

— Elle était jolie.

Les poils se dressèrent sur les bras de Jacob. Il examina rapidement la pièce. Ichiro était la seule autre personne présente, mais il avait brièvement eu l'impression d'être surveillé. Après avoir jeté un dernier regard derrière lui, il revint à la photo.

— Ils ont sans doute vécu ici il y a longtemps, dit-il.

Il se demanda si des gens avaient habité dans cette maison depuis le début des années 1900. Si oui, ils n'avaient pas refait la décoration. Grâce à l'ancien mobilier, au gramophone et à la vieille photo, il était facile d'imaginer James et Tresa vivant toujours ici. Une pensée lui vint brusquement.

— Hé! dit-il. Cet endroit ne devrait-il pas être vide?

Il se rappelait une maison de son quartier inhabitée depuis quelques années. Ichiro et lui y étaient entrés furtivement et en avaient fait le tour. Il n'y avait aucun meuble dans les pièces, les murs étaient couverts de traînées de peinture en aérosol et des adolescents, sans doute, y avaient laissé des messages et des dessins obscènes.

— Pourquoi les derniers habitants ont-ils laissé toutes leurs affaires?

— Il y a peut-être encore un propriétaire. La maison n'est peut-être pas abandonnée, mais juste délabrée.

Jacob haussa les sourcils et hocha la tête, impressionné.

— Tu as probablement raison. Quel cerveau!

Ichiro remit la photo dans le vaisselier et s'inclina.

— Merci, merci.

Ils poursuivirent leur exploration et entrèrent dans la pièce suivante, à l'arrière de la maison. C'était la cuisine. Jacob ouvrit la porte d'un ancien réfrigérateur en bois (sur une plaque dorée, on pouvait lire les mots *McCray 1905*). Ils furent assaillis par une bouffée d'air chaud, sentant le moisi.

— Ferme la porte, ferme-la! hurla Ichiro.

Il recula en agitant la main devant son visage.

L'odeur continua de traîner dans la pièce même après que la porte eut été refermée. Jacob traversa la cuisine et, dans sa hâte, il bouscula une chaise. Elle tomba bruyamment sur le carrelage. Le bruit se répercuta, caverneux, dans toute la pièce. Il se pencha pour la ramasser. Du coin de l'œil, il vit passer une ombre dans la cuisine.

— Tu as vu ça? demanda-t-il

C'était arrivé si vite qu'il n'était pas sûr de ce qu'il avait vu.

— Vu quoi? répondit Ichiro.

— Rien.

Il secoua la tête et se frotta le visage.

— Cet endroit me rend nerveux, je suppose.

Il y avait une autre phrase sur le mur près de la table.

Bénie soit la nourriture devant nous,
la famille à côté de nous,
et béni soit l'amour entre nous.
Amen.

— C'est clair que James et Tresa, ou quiconque vivait ici, aimaient les messages complètement nuls, commenta Ichiro.

Il s'obligea à rire pour détendre l'atmosphère.

Jacob ne répondit pas. Les messages étaient sans doute chaleureux quand la maison était habitée, mais à présent, ils étaient troublants.

— Sortons d'ici, dit Ichiro en haussant les épaules. Ça pue dans la cuisine.

Jacob acquiesça d'un signe de tête; il avait hâte de laisser toute l'affaire derrière lui. Ils sortirent de la cuisine par une autre porte et se retrouvèrent dans le vestibule. Une porte conduisait à l'aile est de la maison, mais elle était fermée à clé. Sans attendre pour se demander ce qu'elle cachait, Jacob s'engagea dans le corridor jusqu'à la porte suivante. Elle s'ouvrit à la volée lorsqu'il la poussa. Ichiro et lui entrèrent dans la pièce.

Elle était remplie de meubles désassortis qui semblaient insolites et sans rapport entre eux : un mobilier de bureau antique très massif (un bureau, une chaise et un classeur en bois) et des meubles de chambre d'enfant (un berceau, une table à langer, une chaise berçante). Une porte fermée se trouvait derrière le berceau. Les murs de bois avaient été peints en bleu pâle. L'objet le plus ancien était peut-être un squelette médical posé sur un piédestal près de la porte. Il y avait une autre phrase encadrée sur le mur :

Laissez-les dormir,
car à leur réveil,
ils déplaceront des montagnes.

Jacob se sentait de plus en plus mal à l'aise à chaque seconde passée dans la maison.

— C'est la chambre d'enfant la plus bizarre que j'aie jamais vue, dit Ichiro.

Il s'assit sur la chaise de bureau qui gémit et couina. Le son grinçant perça les tympans de Jacob qui frissonna.

— Ce bureau est vieux, mon gars, dit Ichiro. Genre vraiment vieux. Même plus que le bric-à-brac qu'on voit au marché aux puces.

Il essaya d'ouvrir les tiroirs, mais ils étaient fermés à clé. Il pivota sur la chaise qui grinça bruyamment de nouveau.

— Arrête, supplia Jacob.

— Désolé.

Ichiro se leva et traversa la pièce pour aller examiner un cadre appuyé contre le mur. Il le prit et l'examina de plus près.

— Hé! Regarde ça. C'est un diplôme de médecin. À propos du marché aux puces, je me demande si je pourrais le vendre à quelqu'un là-bas.

Par-dessus l'épaule de son ami, Jacob regarda le vieux certificat. Les mots étaient écrits d'une calligraphie élégante sur la page jaunie :

La Faculté De Médecine De Trinity

affiliée à

l'Université Trinity

l'Université de Toronto,

l'Université Queen et l'Université du Manitoba,

reconnaissent par les présentes que

James Aaron Stockwell

a été consciemment examiné par les nombreuses écoles de sciences médicales, par la faculté de médecine de l'Université Trinity et qu'il a été jugé apte à exercer la médecine, la chirurgie et l'obstétrique et qu'il est autorisé à recevoir ce diplôme émis sous l'autorité de la Loi de la législature de l'Ontario qui incorpore l'université.

James Aaron Stockwell

est par conséquent admis comme membre par les examinateurs de la faculté de médecine de l'Université Trinity.

Remis en mains propres et sous le sceau de la corporation le

26e jour de mai 1899

Thomas Harrington, doyen

58

Une douzaine de noms et de titres suivaient le nom du doyen jusqu'au bas du diplôme.

— Le barbu de la photo, James Stockwell, était donc un médecin, dit Jacob. Ça explique le squelette et pourquoi ils pouvaient se permettre une aussi grande maison sur leur île privée. Mais ça n'explique pas pourquoi elle est restée inhabitée depuis leur mort.

— Comment peux-tu être sûr que personne d'autre n'a vécu ici après les Stockwell?

— Il n'y a pas de meubles modernes, pas de télé, rien qui n'a l'air d'avoir été fabriqué après le début des années 1900. Il n'y a que des antiquités, une photo en noir et blanc datée de 1906 et un diplôme médical de 1899. Et un gramophone.

— Avec un disque allemand, renchérit Ichiro. Même si ça ne nous avance pas beaucoup, ajouta-t-il.

— Ce n'est peut-être pas un détail complètement inutile. Tresa doit être un prénom allemand. On peut supposer que le disque lui appartenait.

— Tu es généreux, dit Ichiro en riant. C'était un détail sans importance.

Jacob haussa les épaules et esquissa un petit sourire penaud.

— D'accord, c'est vrai. C'était un détail sans importance.

— Je ne suis peut-être pas un détective aussi doué que toi, mais je m'amuse beaucoup.

— C'est comme si on avait notre propre jeu d'évasion avec un mystère à résoudre. L'avantage supplémentaire, c'est qu'on n'est pas enfermés.

— Et ça ne coûte rien pour jouer.

Ichiro brandit son poing et Jacob frappa dedans.

— Boum.

Ti-hi-hi.

Jacob sursauta et sentit tout son corps — chaque muscle — se tendre.

C'était le rire d'un garçon, un son insouciant, en cascade. Dans des circonstances normales, ç'aurait été un son heureux, mais ici, en ce moment, ça ne l'était pas. Il venait de derrière la porte bloquée par le berceau du bébé.

Ce fut encore pire quand il s'aperçut que ce n'avait pas été le fruit de son imagination; le bruit était réel. Ichiro avait sursauté, lui aussi. Il avait poussé un juron et à présent, il regardait le berceau, les yeux écarquillés, remplis d'horreur.

— Tu as entendu, toi aussi? souffla Jacob.

— Ouais, j'ai entendu, répondit Ichiro. Aide-moi à déplacer le berceau.

— Es-tu fou?

— On aurait dit un enfant. Il faut vérifier.

— Pas question.

— Jake, s'il y a un enfant, il doit être piégé là. On ne

peut rester là à ne rien faire. Il faut l'aider.

Ichiro traversa la pièce et posa ses mains sur le berceau.

— Es-tu sûr de vouloir franchir cette porte? demanda lentement Jacob. Il y avait peut-être une raison pour la bloquer.

Et *puis, si quelqu'un est piégé derrière, pourquoi rit-il?* Il préféra garder cette question pour lui.

— Tu vas m'aider, oui ou non? demanda Ichiro sur un ton exaspéré.

Jacob resta immobile. Il avait l'impression d'avoir les pieds collés au plancher.

— Très bien, dit Ichiro.

Il repoussa le berceau suffisamment pour ouvrir la porte et se glissa de l'autre côté. Avant de disparaître, il ajouta :

— Reste là à te tourner les pouces si tu veux.

Puis il disparut.

Jacob sentait son sang palpiter dans ses veines tandis que son cœur battait à un rythme étrange dans ses oreilles : *Boum-boum boum, boum-boum boum, boum, boum-boum-boum.*

Il frotta son visage, stabilisa sa respiration, puis fit quelque chose qui l'étonna : il décolla ses pieds et suivit Ichiro. Ça valait mieux que d'attendre tout seul.

Les fenêtres de la chambre barricadée avaient été

obscurcies, et il y faisait plus noir que dans le reste de la maison. Il ne voyait ni Ichiro ni rien d'autre.

— Ichiro? appela-t-il d'une voix tremblante. Tu es là?

Un chuchotement lui répondit à l'autre bout de la pièce.

— Oui.

Il regarda en direction de la voix. Ses yeux s'adaptèrent peu à peu à l'obscurité. Pas assez pour distinguer chaque détail, mais suffisamment pour voir l'ombre d'une silhouette qu'il devina être celle d'Ichiro. Il était assis sur un siège bas, près du sol, immobile comme une statue.

Le plancher craqua quand Jacob alla rejoindre son ami.

Ichiro leva les mains vers Jacob.

— N'approche pas, chuchota-t-il. Tu vas l'effrayer.

Après un moment qui sembla s'éterniser, Ichiro ajouta dans un murmure :

— Il est juste derrière toi.

Avant que Jacob ait eu le temps de demander qui se trouvait dans son dos, une musique, ponctuée de chuintements, leur parvint depuis l'autre côté de la maison. Du salon.

— Le gramophone, dit Jacob. *Il fonctionne. Mais qui le fait jouer?*

Une femme chantait un air de musique classique

en allemand. Même s'il ne comprenait pas les paroles, Jacob reconnut aussitôt la mélodie. C'était une berceuse que sa mère lui avait chantée dans son enfance.

Un bruit de pas résonna dans la chambre. Jacob suivit le son des yeux, mais il ne vit personne.

Ichiro se leva. Jacob remarqua que son ami s'était assis au bord d'un petit lit; il en voyait maintenant une douzaine alignés des deux côtés de la pièce. *Laissez-les dormir*, entendit-il dans sa tête. Ichiro suivit le bruit des pas fantômes vers une autre porte fermée. Le cadre de la porte était parsemé de trous laissés par des clous. Des planches d'où jaillissaient des clous tordus étaient éparpillées sur le sol.

Ichiro n'avait pas encore atteint la porte quand elle s'ouvrit toute seule et heurta bruyamment le mur.

Ichiro baissa les yeux : la porte ouverte révéla une volée de marches branlantes conduisant au sous-sol.

— Reste là! hurla-t-il.

Jacob ignora cet ordre et se hâta de rattraper son ami.

C'était un escalier en colimaçon, très étroit. Les murs du sous-sol avaient été façonnés sommairement avec de la brique, du mortier, des planches et des plaques de ciment. Le plancher était sale. Le plafond était plutôt bas, à moins de deux mètres du sol. Une odeur âcre de terre, de moisissure et de quelque chose d'autre — quelque chose de métallique — montait des entrailles de la maison.

Ils entendirent chuchoter, un son assourdi, mais teinté d'urgence. Il semblait y avoir plus d'une voix, mais combien? Deux? Trois? Plus encore? Impossibles à distinguer l'une de l'autre, elles se chevauchaient et formaient une spirale évoquant des serpents enroulés.

Les chuchotements se turent. La berceuse sur le gramophone était finie.

C'est alors que, après un silence lourd de sens, des cris retentirent dans le sous-sol.

CINQ

Le 16 juillet

Marcher silencieusement sur du gravier avec des souliers de baseball représente un art. Son gant à la main, Jacob se faufila vers le troisième but sans alerter le coureur, un garçon appelé Sébastien, qui avait déjà fait trois longs pas vers le marbre.

Sébastien était accroupi sur le sol comme un ressort enroulé, ses doigts crispés pendant entre ses jambes à quelques centimètres au-dessus du gravier. Il ne vit pas Jacob, car il avait les yeux rivés sur Hannah avec une intensité de faucon.

Gauchère, elle se tenait sur le monticule, tournant le dos au troisième but. Jacob la vit jeter un bref regard par-dessus son épaule, consciente de la possibilité d'éliminer le coureur et de conclure la partie par une nouvelle victoire. Extrêmement vigilante, elle savait tout ce qui se passait sur le terrain en tout temps; c'était la meilleure joueuse de l'équipe des Tigres.

Soudain, elle pivota et lança une balle foudroyante vers le troisième but.

Jacob l'attrapa — elle était un peu haute — et laissa tomber son gant pour toucher Sébastien, mais trop tard. Celui-ci plongea en dessous et toucha le but avec sa main. Sauf.

Sébastien leva les yeux vers Jacob.

— Ne pense pas m'avoir aussi facilement, dit-il avec un petit sourire.

— Et toi, ne pense pas marquer un point aussi facilement, rétorqua Jacob.

Il relança la balle à Hannah et s'éloigna du but. Ça aurait été bien de retirer Sébastien et de gagner la partie, mais Jacob était content d'être parvenu à attraper la balle. Il avait déjà commis deux grosses erreurs au champ et, lors de ses trois passages au bâton, il avait été retiré deux fois sur des prises et une fois au premier but. Il n'avait pas tout à fait la tête au jeu. Comment aurait-il pu rester concentré? Depuis qu'Ichiro et lui s'étaient enfuis de la Fin de l'été et qu'ils étaient rentrés chez eux en ramant de toutes leurs forces, il n'avait pas pensé à grand-chose d'autre qu'aux événements survenus là-bas — le rire et les pas, puis les chuchotements et les cris, sans parler du gramophone qui s'était mis à jouer tout seul. La mélodie de la berceuse était restée dans sa tête, tournant en boucle presque sans arrêt depuis cinq jours. Étourdi et bouleversé par ces pensées enchevêtrées, il avait du mal à se concentrer.

Et malgré la peur qu'il ressentait quand il pensait à la Fin de l'été, quelque chose continuait de l'attirer là-bas.

Il secoua la tête : il aurait voulu rejeter ses souvenirs comme un chien secoue l'eau de son dos. Il avait une partie de baseball à gagner. Il devait se concentrer.

À sa gauche, Ichiro était à l'arrêt court.

— Allez, les Tigres! cria-t-il pour encourager l'équipe. Retire le frappeur, Hannah.

Il avait l'air moins préoccupé que Jacob par ce qui s'était passé dans la vieille maison. Il avait toujours été plus doué pour laisser les choses aller et venir. Jacob aurait voulu être aussi insouciant qu'Ichiro semblait l'être.

Hannah leva son gant devant son menton et tripota la balle cachée, positionnant ses doigts à des points précis pour son prochain lancer. Jacob ne voyait pas ce qu'elle leur réservait, mais il en avait une bonne idée. Il supposa que le frappeur pouvait lui aussi probablement prédire comment viendrait la prochaine balle, car il connaissait Hannah mieux que quiconque dans l'équipe adverse.

Hayden était debout au marbre, tendu, son bâton levé au-dessus de son épaule droite.

Il avait été déçu au début du mois en découvrant que Jacob, Ichiro et Hannah feraient partie des Tigres tandis qu'il serait dans les Athlétiques. Et voilà qu'il affrontait sa sœur. À la neuvième manche. Un point d'écart, avec le coureur égalisateur au troisième but. Le compte était de deux balles, deux prises.

Avec deux prises au tableau, Hannah lançait toujours une balle papillon. Après deux balles rapides et une ou deux balles courbes, elle savait que les frappeurs avaient hâte de jouer et la balle papillon était idéale. C'était un lancer trompeur.

Hannah continua de tripoter la balle. Le soleil de l'après-midi brûlait la peau de Jacob. Il épongea la sueur qui coulait dans ses yeux. *Allez, Hannah*, songea-t-il avec impatience. *S'il ne savait pas avant que tu te préparais à lancer une balle papillon, maintenant il le sait.*

De nouveau, elle regarda Sébastien derrière son épaule, baissa les bras, puis fit un grand pas vers le marbre et lança la dernière balle de la partie.

Une balle très rapide.

Hayden ne frappa pas. Comme il s'attendait à une balle papillon, il regarda la balle voler en ligne droite à la hauteur de sa taille, parfaitement au milieu, avant de comprendre ce qui s'était passé.

— Troisième prise! hurla l'arbitre en pointant deux doigts vers le banc de l'équipe hôte.

Les Tigres poussèrent des cris de joie et Hannah brandit son poing dans les airs. Jacob applaudit et se dirigea vers le monticule pour féliciter Hannah.

— Qu'est-ce qui s'est passé, Hayden?

Jacob s'arrêta et se retourna. Les joues empourprées,

Sébastien marchait vers le marbre. Il arracha son gant et le lança sur le sol.

— Elle te l'a servie sur un plateau et tu n'as même pas bronché.

Debout à côté du marbre, Hayden baissait les yeux vers ses chaussures, comme incapable de croire ce qui venait d'arriver. Il regarda Sébastien, son coéquipier, sans répondre.

— Hé! Seb, dit Jacob. Calme-toi. Ce n'est qu'un jeu.

Sébastien ne lui prêta aucune attention.

— À cause de toi, on va perdre plein de parties cette saison, pas vrai? Quand je pense que je suis coincé dans une équipe avec *toi*, cracha-t-il.

Hayden retrouva enfin sa voix, ou peut-être venait-il juste d'entendre les railleries de Sébastien.

— Je pense la même chose à ton sujet, répliqua-t-il.

— À mon sujet? s'esclaffa Sébastien.

C'était comme une question teintée d'incrédulité et de colère.

— Ce n'est pas moi qui ai perdu la partie. Ce n'est pas moi qui ai été vaincu par une *fille*.

Il se remit à marcher et fonça vers Hayden.

Mais il n'arriva pas jusqu'à lui.

Avec quelques longues enjambées, Hannah l'attrapa par le collet et tira très fort, l'obligeant à reculer. Sous le choc, les yeux de Sébastien devinrent exorbités, car son chandail lui serrait le cou. Elle le fit tomber sur le gravier.

De la poussière tourbillonnant autour de sa tête, Hannah mit un genou sur la poitrine de Sébastien. Elle brandit son poing fermé.

— Regarde ça! gronda-t-elle. Celui qui est vaincu par une fille, c'est toi.

La situation était grave et Jacob fut submergé par une vague glacée. Ichiro et lui tirèrent Hannah et l'empêchèrent de tabasser Sébastien. Elle ne résista pas. Elle avait fait valoir son point de vue. Le mal était fait.

Sébastien roula sur le côté, en position fœtale, et toussa. Son entraîneur l'aida à se relever tandis que celui des Tigres fixait Hannah d'un air sévère.

L'arbitre essaya de ne pas élever la voix, mais il était manifestement hors de lui.

— Rentre chez toi, Hannah, dit-il. Tu es automatiquement suspendue. Tu ne joueras pas à la prochaine partie.

— C'est injuste! protesta-t-elle. Sébastien allait...

— Peu importe ce qu'il allait ou n'allait pas faire, l'interrompit l'arbitre. Il ne l'a pas fait. Tu es la seule à t'être battue. D'après les règlements, c'est une suspension automatique pour une partie, et la ligue va examiner ce qui s'est passé pour déterminer si tu dois être suspendue plus longtemps ou complètement retirée de l'équipe. Maintenant, quitte tout de suite le terrain, conclut-il en indiquant le stationnement.

Les lèvres serrées, des étincelles dans les yeux, Hannah s'éloigna à grandes enjambées. Elle jeta son gant sur le sol, le ramassa, enfourcha son vélo et partit toute seule.

— Elle est furieuse, dit Ichiro.

— Sans blague, dit Jacob.

Il scruta le terrain, les gradins et les environs à la recherche d'Hayden. Il remarqua que son vélo n'était plus là. Il avait dû s'éclipser au milieu de la commotion causée par l'attaque d'Hannah et son expulsion.

Jacob ne pouvait le blâmer d'être parti sans attendre personne. Lui aussi aurait sans doute voulu disparaître s'il avait été retiré par prise à cause de sa sœur puis rescapé d'une bagarre grâce à elle. Pendant un ou deux jours. Un mois, peut-être.

Ou même un été.

———

Vitesse et vent. Jacob sourit. Il ferma un instant les yeux et profita du soleil qui réchauffait son visage et de la brise qui soufflait sur lui. C'était tellement libérateur de dévaler une pente escarpée : les roues de sa bicyclette tournaient follement sans qu'il ait besoin de pédaler. Il ne faisait plus qu'un avec son vélo, ses mains collées aux poignées de caoutchouc, son sang palpitant à chaque rotation des pneus, son cœur sonnant comme une cloche. Il oublia la partie de baseball et la bataille qui y avait mis fin. Il oublia les jumeaux, qui étaient sans doute perturbés tous les deux pour des raisons radicalement opposées.

Il oublia même les choses — quelles qu'elles fussent — qui s'étaient passées dans le sous-sol de la Fin de l'été.

Ichiro roulait à côté de lui. Les décorations arc-en-ciel sur ses roues cliquetaient comme des feux d'artifice. Quand il les avait achetées à une vente-débarras, Jacob lui avait dit qu'elles étaient destinées à de très jeunes enfants, mais Ichiro s'en fichait. Il faisait ce qu'il voulait. Selon Jacob, c'était là une de ses qualités. Jacob avait presque envie d'en acheter lui aussi.

Ils tournèrent brusquement dans la rue Principale et roulèrent dans la ville, zigzaguant autour des voitures garées et des touristes. Assis à des terrasses, des gens les regardaient passer. Un petit chien blanc les poursuivit en aboyant jusqu'à l'intersection. Son maître finit par le rattraper et lui mettre sa laisse. Heureusement, ils ne croisèrent pas la mère de Colton.

À proximité des limites de la ville, les garçons s'approchèrent du dépanneur Route de l'est, une vieille bâtisse à deux étages; les planches de bois de la façade étaient peintes en vert lime. C'était le seul endroit en ville où on pouvait acheter à la fois une bande dessinée, un paquet de cartes de baseball et un sachet de bonbons.

— Hé! Arrêtons-nous ici, dit Ichiro. Tu veux une crème glacée? Ou quelque chose à boire?

Jacob rougit. Il tapota les poches de son pantalon de baseball pour montrer qu'elles étaient vides.

— J'ai laissé mon argent à la maison.

— Ne t'en fais pas, répondit Ichiro en sortant le sien. Je t'invite.

— Merci, mon gars!

Une clochette tinta quand ils ouvrirent la porte. Le vieil homme qui travaillait là émergea de l'arrière-boutique et s'avança lentement dans une allée étroite remplie de malbouffe jusqu'au comptoir à l'avant du magasin. Il était grand, dégingandé et ses longs cheveux gris étaient attachés en une queue de cheval qui retombait sur sa nuque. Une paire de grosses lunettes teintées était perchée sur son nez osseux. Jacob n'avait jamais vu personne d'autre à la caisse enregistreuse. Ses amis et lui l'appelaient le Saule, mais jamais en sa présence.

— Combien de fois vous ai-je demandé de ne pas entrer ici avec vos chaussures de baseball, les jeunes? demanda le Saule en faisant claquer sa gomme balloune entre chaque mot.

Il semblait plus résigné que fâché. Il avait l'air fatigué.
Il avait toujours l'air fatigué.

— Vous allez abîmer mes planchers.

— Désolé, dit Jacob qui haussa les épaules en signe
de regret.

Ni lui ni Ichiro ne retirèrent leurs chaussures. Le
Saule agita la main et grogna. Il posa une fesse sur le
tabouret derrière la caisse.

Les garçons parcoururent les allées, passèrent
devant les bacs de bonbons en vrac et les étagères
de bandes dessinées. Jacob s'y attarda un instant et
examina la couverture d'un numéro de X-Men. La tête
penchée, le professeur X était assis à l'avant-plan tandis
que Wolverine, Cyclope, Tornade et quelques autres
superhéros mutants inclinaient la tête, debout dans
l'ombre derrière leur chef. Sur une légende en lettres
majuscules, on pouvait lire : « MORT... AUX X-MEN! » Il
feuilleta la bande dessinée, la remit sur l'étagère et alla
rejoindre Ichiro devant le frigo. Ichiro prit une bouteille
de soda mousse et Jacob, une orangeade.

Ichiro s'arrêta devant un congélateur, fit coulisser la
porte vitrée et en sortit deux barres de crème glacée.

— Tu en veux une?

Jacob fit signe que non.

— Merci. Juste un soda.

Ichiro remit une des barres dans le congélateur. Il

paya, le Saule lui tendit la monnaie sans dire un mot et Jacob et lui sortirent du dépanneur.

— Oh! dit Ichiro en vérifiant la monnaie dans sa main.

— Quoi?

— Je pense que le Saule ne m'a pas remis la monnaie exacte. Attends-moi ici. Je reviens.

Avec son stationnement en terre battue et sa façade que seule la pluie avait lavée, le dépanneur Route de l'est n'était pas un édifice auquel s'adosser. Jacob amena son vélo jusqu'à la rue, le laissa tomber dans l'herbe, et s'assit au bord du trottoir. Quelques instants plus tard, Ichiro sortit du magasin et alla le retrouver.

Ichiro déballa sa barre de crème glacée et Jacob but une gorgée d'orangeade. La boisson pétilla sur sa langue et brûla le fond de sa gorge. C'était fantastique.

— Comment tu te sens? lui demanda Ichiro.

Jacob lui lança un regard oblique.

— Je vais bien.

— Juste bien?

Jacob fronça les sourcils et hocha la tête. Ichiro voulait lui dire quelque chose, mais il ne savait pas quoi.

— Le soleil brille, dit Ichiro en souriant, tu bois de l'orangeade, tu as le dernier numéro d'*Uncanny X-Men* à lire et tu me dis que tu vas juste *bien?*

Jacob éclata de rire.

— Je n'ai pas le dernier…

Ichiro sortit de derrière son dos une bande dessinée X-Men qu'il avait cachée sous son tee-shirt et la tendit à Jacob.

— J'ai remarqué que tu la regardais, alors je l'ai prise quand je suis retourné dans le magasin.

— Attends. « Le Saule ne m'a pas remis la monnaie exacte », ce n'était pas vrai?

Ichiro haussa les épaules en souriant.

— Oh! Tu n'aurais pas dû, ajouta Jacob.

— Je ne te la donne pas, si c'est ce que tu crois. Je veux la ravoir. Mais tu peux être le premier à la lire.

— Merci.

Jacob ne trouva rien d'autre à dire. C'était un petit geste d'amitié, mais Ichiro ne pouvait savoir à quel point c'était important pour Jacob.

Une brise chaude souffla, faisant voleter les pages de la bande dessinée. Les deux amis regardèrent passer les voitures et les oiseaux au-dessus de leurs têtes. Ils entendaient les bavardages de quelques adultes sur la terrasse animée de la Buvette, un pub qui partageait le stationnement du dépanneur.

Ichiro fut le premier à prendre la parole.

— D'après toi, combien de temps Hannah sera-t-elle suspendue?

— Je ne sais pas. Comme elle n'a pas frappé Sébastien, la ligue se montrera peut-être indulgente.

Jacob se demanda ce que faisaient les jumeaux en ce moment. Ils étaient probablement dans leurs chambres à mijoter silencieusement dans leur jus. Il but une autre gorgée d'orangeade.

Ichiro lécha la dernière trace de crème glacée sur le bâtonnet de bois de sa friandise et le jeta dans la poussière à côté d'une fourmilière. Les fourmis se mirent aussitôt à grouiller autour du bâtonnet.

— Je me demande ce que leur père va dire quand il apprendra ce qu'Hannah a fait.

Jacob regarda les fourmis grimper frénétiquement l'une sur l'autre; leurs antennes et leurs mandibules minuscules tremblotaient. Comme il n'aimait pas parler de la vie familiale des jumeaux, il tint sa langue. *Si tu n'as rien de positif à dire, ne dis rien*, aimait lui répéter sa mère.

— Leur père me donne froid dans le dos, reprit Ichiro. Chaque fois que je vais chez eux, j'ai l'impression que c'est davantage une prison qu'un foyer. Si c'était mon père, je pense que j'aimerais mieux ne pas avoir de père du tout.

Ces mots blessèrent Jacob. Il déposa sa bouteille de soda dans la rue et ferma les yeux.

— Crois-moi, avoir n'importe quel père, c'est mieux

que de ne pas en avoir du tout.

Mais même en le disant, il se demandait si c'était vrai. Préférerait-il avoir le père d'Hayden ou ne pas en avoir?

— Désolé, Jacob, je ne voulais pas...

Jacob leva sa main et s'obligea à sourire.

— Ne t'en fais pas. Je sais.

Ichiro hocha la tête.

— Alors, allons-nous parler de la Fin de l'été?

La question parut tomber du ciel, à tel point que Jacob comprit qu'Ichiro devait avoir eu envie de la poser toute la journée.

— Ce que nous avons entendu courir au rez-de-chaussée et dans l'escalier du sous-sol m'a donné la chair de poule, poursuivit Ichiro sans attendre la réponse de Jacob. C'est dingue, mais on dirait que je veux y retourner. Complètement cinglé, non?

— Non, répondit Jacob en secouant la tête. Moi aussi je veux y retourner.

Ichiro soupira bruyamment, comme s'il avait retenu son souffle, et ramena ses genoux contre sa poitrine.

— Je ne peux pas arrêter de penser à cet endroit, continua Jacob. C'est pourquoi j'ai mal joué aujourd'hui. Les bruits qu'on a entendus, les rires, les pas et les cris, ils tournent en boucle dans ma tête avec la berceuse qui jouait sur le gramophone. Comment s'est-il mis en marche tout seul?

Ichiro haussa les épaules.

— Peut-être… Je ne sais pas, peut-être que le lapin a sauté dessus ou autre chose.

— Tu le crois vraiment?

— Non, dit Ichiro en secouant la tête.

— Peu importe ce qui se passe, j'ai l'impression que nous sommes censés faire quelque chose là-bas. C'est comme une intuition.

Ichiro acquiesça d'un signe de tête.

— Moi aussi. C'est comme une croûte que je ne peux m'empêcher de gratter.

— Dégoûtant.

— Ouais, mais c'est approprié.

— Bon, on ne devrait pas y retourner à l'aveuglette. Il faut d'abord découvrir tout ce qu'on pourra sur les Stockwell et leur maison.

Jacob prit son téléphone et ouvrit un navigateur. Ichiro fit pareil. Ils tapèrent différentes combinaisons des mêmes mots de recherche :

« Valeton ».

« Lac Sepequoi ».

« Docteur Stockwell ».

« Fin de l'été ».

— Tu trouves quelque chose? demanda Ichiro.

— Non, répondit Jacob en secouant la tête. Des listes

des médecins de Muskoka, mais aucun Stockwell. Un site touristique de Valeton qui incite les gens à y passer leurs vacances estivales. Quelques compagnies qui fabriquent du matériel musical. Un tas de livres, de films et de jeux qui s'appellent *Fin de l'été*. Rien d'autre, en fait.

— Pareil pour moi.

— Rentrons chez nous. Ça suffit pour aujourd'hui.

Jacob se leva, fourra la bande dessinée X-Men sous la ceinture de son pantalon et enfourcha sa bicyclette. Il vérifia l'heure sur son téléphone. Il se faisait tard et sa mère aurait bientôt fini de préparer le souper.

— On se retrouve demain au centre-ville. Je connais un endroit où on pourra trouver des renseignements sur cette obscure histoire locale.

— Ah! oui? Où?

— Où? Ben voyons, à la bibliothèque.

Six

Le 17 juillet

Des grains de poussière dansaient dans les rayons de soleil au-dessus des étagères de livres. C'était une vieille bibliothèque — à l'origine, l'édifice avait été le premier magasin général et le poste de traite de la ville —, mais elle était aussi très grande. Une aile avait été ajoutée du côté ouest et les bibliothécaires semblaient vouloir y entasser autant de livres que le lieu pouvait en héberger. Disposées en zigzag, comme au hasard, les étagères formaient une toile d'araignée de recoins cachés et de culs-de-sac. Il n'y avait que deux ou trois employés à la fois et la plupart laissaient volontiers Jacob tranquille. Quand il avait envie de se faire oublier pendant quelques heures, c'était son lieu de prédilection. La bibliothèque assurait une solitude si absolue qu'il s'était souvent demandé combien de temps on mettrait avant de retrouver son corps en cas de tragédie — une pile de livres dégringolant sur lui et le clouant au sol, par exemple. Des heures, peut-être des jours.

La plupart du temps, Jacob lisait des bandes dessinées et de vieux romans en format poche — fantastique, science-fiction et horreur — sur une banquette près d'une baie vitrée à l'étage. Mais Ichiro et lui étaient venus en mission.

La bibliothèque était presque déserte. Quelques élèves du secondaire qui travaillaient là bavardaient dans la section Carrières, ignorant les chariots de livres qu'ils étaient censés ranger sans voir l'ironie d'avoir choisi cette section pour perdre leur temps. Un vieil homme somnolait dans un fauteuil dans un recoin sombre; ses ronflements se mêlaient aux notes de musique qui s'échappaient de ses écouteurs. Jacob se demanda comment il avait pu s'endormir avec la musique qui jouait à plein volume. Un bébé dans les bras, une jeune mère poursuivait des jumeaux de trois ans qui se donnaient des coups de livres. Pressés autour du bureau de référence, un groupe d'enfants d'une dizaine d'années farfouillaient dans un coffre au trésor rempli de babioles tandis que l'homme qui travaillait là leur donnait des conseils.

— Si j'étais vous, disait-il avec un léger accent britannique, je creuserais un peu plus profondément. Je crois que vous trouverez des cartes Pokémon et des tatouages Monster High au fond.

Les enfants poussèrent de petits cris de joie quand ils découvrirent des cadeaux dignes de ce nom, puis ils s'éloignèrent.

— Jacob, dit joyeusement l'homme en apercevant les garçons dans la queue. Content de te revoir.

— Moi aussi, Rio.

— Désolé de t'avoir fait attendre. Ces gamins réclamaient des prix pour leur club de lecture d'été. C'est fou, ici. Complètement fou.

Le vieil homme dans le coin ronflait si fort que le bruit le réveilla, puis il se frotta le nez, fit claquer ses lèvres trois fois et se rendormit aussitôt.

Ichiro lui jeta un regard par-dessus son épaule et revint à Rio.

— C'est vrai, dit-il. Cet endroit est un cirque.

— Je m'excuse. Je ne crois pas t'avoir déjà rencontré, dit Rio.

— Je vous présente mon ami Ichiro, dit Jacob.

— Et as-tu une carte de bibliothèque, Ichiro l'ami de Jacob?

Ichiro consulta Jacob du regard, et celui-ci haussa les épaules.

— Euh... non, répondit Ichiro.

— Sécurité! vociféra Rio.

Jacob sursauta. Le vieil homme se réveilla brusquement et regarda dans tous les sens, affolé. Ichiro semblait pris de panique.

— Quoi? demanda-t-il. C'est un problème?

— Bien sûr que non, le rassura Rio en riant. Je

cherchais juste un prétexte pour réveiller Frank. Ses ronflements me rendent dingue depuis presque une heure.

— Espèce de fou! hurla Frank du fond de la pièce.

— Rendors-toi, Frank. Je te réveillerai quand ce sera le moment de rentrer chez toi, à la fermeture.

Frank agita la main en marmonnant des paroles inintelligibles, puis il ferma les yeux.

Les ronflements reprirent quelques secondes plus tard.

Ichiro mit quelque temps à comprendre vraiment ce qui venait d'arriver, mais quand il comprit qu'il ne serait pas chassé de la bibliothèque parce qu'il n'avait pas de carte d'abonné, il émit un petit rire.

— Bonne blague. Vous m'avez bien eu.

— J'ai eu Frank aussi, dit Rio en esquissant un sourire malicieux. Il faut s'amuser un peu chaque fois qu'on le peut. Alors comment puis-je vous être utile, messieurs?

— Nous cherchons quelques vieux exemplaires de la *Voix de Valeton*, expliqua Jacob.

— Mais bien sûr, répondit Rio sur un ton théâtral, comme si son bureau était sa scène personnelle. Quel genre de bibliothèque serions-nous si nous ne conservions pas l'histoire de notre propre ville?

— Pas une très bonne bibliothèque, je suppose, dit Ichiro.

— Tu as raison, Ichiro. Absolument.

Rio dévisagea Jacob depuis son bureau.

— Voilà qui est nouveau, dois-je dire. Tu n'es pas déjà trop grand pour les superhéros, n'est-ce pas Jacob?

Il était l'un des rares bibliothécaires à s'être donné la peine d'apprendre le nom de Jacob et ils s'intéressaient tous deux aux bandes dessinées.

Connaissant l'horaire de la bibliothèque et sachant que Rio serait là, Jacob savait que ce serait la journée idéale pour ce qu'il avait en tête. Comme il s'attendait à ce que Rio lui pose quelques questions (mais aussi à ce qu'il croie tout ce qu'il dirait), Jacob avait préparé une réponse.

— Non, évidemment. C'est pour un projet scolaire d'été. Nous formons une équipe pour trouver un article de la *Voix de Valeton* du début des années 1900. Nous devons le présenter à la classe avec quelques observations sur la période en question, expliqua-t-il en pointant le pouce vers Ichiro.

— Un projet d'été? s'étonna Rio. Je ne pensais pas que tu avais du rattrapage à faire, Jacob.

— Je n'en ai pas, mentit ce dernier avec désinvolture. Je prends de l'avance pour avoir des crédits supplémentaires.

— Moi aussi, ajouta Ichiro avec un sourire. On est brillants.

Rio se leva et se dirigea derrière le bureau, guidant les garçons dans la bibliothèque.

— Ah! Je vois. Eh bien, je suis soulagé d'apprendre que tu n'en as pas fini avec les bandes dessinées. C'est surtout grâce à tous tes emprunts que je peux justifier de les garder dans la collection, et j'ai consacré trop d'années à convaincre le conseil d'administration de les acquérir en premier lieu.

Ils entrèrent dans la salle consacrée à l'histoire locale, une petite pièce confortable dotée d'un foyer, d'un fauteuil en cuir, d'un lecteur de microfilms et d'un ordinateur. Il y avait un classeur métallique dans un coin et les étagères débordaient de livres sur la région de Muskoka, de reliures spiralées contenant les comptes rendus des réunions du conseil municipal et d'autres articles d'intérêt local. Une grande photo encadrée de la reine était accrochée au mur au-dessus de l'ordinateur. Les choses ne semblaient pas particulièrement classées, mais Rio les connaissait sur le bout de doigts. Il déverrouilla le dernier tiroir du classeur.

— Vous savez sur quelle année porte votre recherche? demanda-t-il.

— On nous a confié l'année 1906, répondit Jacob en hochant la tête.

James et Tresa s'étaient mariés cette année-là et Jacob pensait que c'était un bon début.

— J'ai une bonne et une mauvaise nouvelle. Par laquelle voulez-vous que je commence?

— Euh... la bonne?

— La *Voix de Valeton* a publié son premier numéro en 1903. Si votre enseignant vous avait donné une année avant celle-là, vous n'auriez pas été en mesure de travailler sur ce projet. Mais vous avez de la chance : vous pourrez faire votre devoir!

— Super! s'écria Ichiro qui faisait de son mieux pour être convaincant.

— Et la mauvaise nouvelle? demanda Jacob.

— Nous avons passé les derniers étés à numériser la collection; nous avons scanné chaque page de tous les journaux avant de les mettre en ligne pour faciliter la recherche, même de chez soi. Mais je ne suis remonté qu'à 1955. Vous allez donc devoir consulter des bobines de microfilms.

Rio fit courir ses doigts sur une rangée de petites boîtes dans le tiroir.

— 1903, 1904, 1905... voilà... 1906.

Il prit quatre boîtes; sur chacune d'elles, il y avait une étiquette avec l'année et trois mois. Il ouvrit celle de janvier à mars 1906 et l'enroula dans le lecteur.

Le lecteur de microfilms était une grosse boîte carrée. Il consistait en un écran posé devant une lampe. Bien qu'il eût probablement été fabriqué au cours des quarante ou cinquante dernières années, il semblait venir de l'époque des dinosaures.

Il a l'air de peser autant qu'un semi-remorque, pensa Jacob, qui se demandait comment la table de bois sur laquelle il reposait n'avait pas craqué sous son poids.

Une lampe éclaira la bobine et projeta la première page de la *Voix de Valeton* sur l'écran. Rio expliqua rapidement aux deux garçons comment faire fonctionner l'appareil, s'assura qu'ils savaient ce qu'ils faisaient. Une fois à la porte, il s'arrêta et dit :

— J'imagine que je vais devoir montrer à plein d'autres jeunes comment faire ça dans les jours qui viennent.

— À faire quoi? demanda Jacob.

— À utiliser le lecteur. À cause de votre devoir d'été. Je suppose que vous n'êtes pas les seuls à en avoir un.

— Oh! oui, c'est vrai.

— Très bien, alors. Les trois bobines suivantes concernant l'année 1906 sont sur la table, au cas où vous en auriez besoin. Je vais laisser le cabinet déverrouillé. Faites-moi une faveur : remettez les bobines dedans quand vous aurez fini. Si vous avez besoin d'aide, vous savez où me trouver.

— Il va se demander ce qui se passe quand il verra que personne ne vient lui demander d'utiliser le lecteur de microfilms, dit Ichiro une fois qu'ils furent seuls.

Jacob haussa les épaules.

— On verra bien en temps voulu. Pour l'instant, la seule chose qui m'intéresse, c'est de trouver ce qui est arrivé aux Stockwell et pourquoi la Fin de l'été est vide et négligée depuis si longtemps.

Il posa ses doigts sur le bouton de réglage et le fit tourner. Les pages des journaux de janvier 1906 défilèrent de gauche à droite. Ils cherchaient dans les titres des articles tout ce qui pouvait avoir un lien avec les Stockwell ou la Fin de l'été. Ils virent des faire-part de mariages, mais pas celui de James et de Tresa. Ils lisaient les manchettes à la recherche d'une mention du lac Sepequoi, mais rien ne retint leur attention. Jour après jour, semaine après semaine, mois après mois, ils ne trouvèrent que des rapports sur l'agriculture locale, la politique et les événements habituels d'une petite ville. Jacob avait mal à la nuque et au dos quand ils eurent fini d'examiner la première bobine de l'année. Il la retira du lecteur et enroula la bobine étiquetée *Avril à juin 1906*. Puis il s'étira et se remit à l'œuvre.

Tandis que les pages défilaient, un article attira l'attention de Jacob et il s'arrêta. Le mot *hôpital* lui avait sauté aux yeux. Il indiqua l'écran, et Ichiro et lui lurent en silence :

L'HÔPITAL PUBLIC DE MUSKOKA POUR LES TUBERCULEUX A BESOIN D'AIDE

L'hôpital public de Muskoka pour les tuberculeux a soigné plusieurs patients souffrant de la tuberculose. Depuis que cette institution a ouvert ses portes à Gravenhurst il y a plus de trois ans, 560 patients y ont été traités. L'hôpital public de Muskoka pour les tuberculeux n'a jamais refusé aucun malade à cause de sa pauvreté.

Au cours du dernier mois, on a ajouté vingt-cinq lits, ce qui a alourdi les tâches liées à l'entretien, mais on croit sincèrement qu'un généreux public apportera son aide aux gestionnaires.

Les contributions peuvent être envoyées à Maître W. J. Gage, Osgoode Hall, Toronto.

— C'est quoi, la tuberculose? demanda Ichiro.

— C'est une maladie contagieuse qui affecte les poumons. Elle peut être mortelle, mais, en Amérique du Nord, je crois que c'est moins grave maintenant que ça l'était il y a une centaine d'années.

— Comment tu le sais?

— Je lis, répondit Jacob, pince-sans-rire. Tu devrais

essayer.

— Hé! Je lis, moi aussi!

— Les boîtes de céréales ne comptent pas.

— Mais on y trouve des renseignements fascinants, rétorqua Ichiro du tac au tac. Par exemple, savais-tu que les céréales de riz soufflé au chocolat contribuent à améliorer le système immunitaire des enfants? C'est la vérité! Selon ce qui est écrit sur la boîte.

— Tu sais qu'ils peuvent affirmer ce qu'ils veulent sur l'emballage, non?

— Évidemment, mais ne le dis pas à ma mère.

— Motus et bouche cousue, promit Jacob qui se retourna vers le lecteur de microfilms. Revenons à nos moutons. Il n'est pas fait mention du Dr Stockwell dans cet article, alors on continue.

Avril passa, puis mai et juin. Ils avaient parcouru la moitié de l'année sans rien découvrir d'intéressant.

Ichiro soupira.

— Est-ce possible qu'ils ne se soient pas mariés en 1906? Quelqu'un a peut-être écrit la mauvaise année au dos de la photo. Ou bien leur mariage n'a pas été annoncé dans le journal.

— Peut-être. Mais qu'est-ce qu'on peut faire? Consulter chaque année? Je n'aurais pas assez de patience, surtout qu'on cherche déjà une aiguille dans une botte de foin et que cette aiguille n'existe peut-être même pas.

— Veux-tu qu'on s'arrête et qu'on rentre à la maison? Tu peux venir souper chez moi. Ma mère prépare un repas traditionnel japonais.

— Peut-être.

Les parents d'Ichiro étaient d'excellents cuisiniers, mais la mère de Jacob rentrerait bientôt du travail et il ne voulait pas la laisser seule sans l'avoir avertie. Il indiqua les deux dernières boîtes, *juillet à septembre* et *octobre à décembre 1906*.

— Commençons par examiner celles-ci. Je veux le faire maintenant pendant que nous les avons sous la main. Une fois que Rio se mettra à douter de l'histoire qu'on lui a racontée, on n'aura peut-être plus la possibilité de le faire sans éveiller ses soupçons.

Ichiro soupira et s'affaissa sur sa chaise.

— OK. Encore une heure, max.

Jacob avait compris le modèle suivi par les journaux d'un numéro à l'autre. Les nouvelles locales au début, les divertissements et le sport au milieu, les petites annonces et les potins de la ville à la fin. Il parcourait chaque numéro et s'attardait sur les petites annonces, cherchait le nom des Stockwell dans les faire-part de mariage et, n'ayant rien trouvé, il allait à la fin du numéro suivant. Faire défiler, chercher, rejeter, recommencer.

Ichiro commença à s'ennuyer et il utilisa la carte d'abonné de Jacob pour se brancher sur l'ordinateur. Il étudia quelques sites de médias, lut les résultats de parties de baseball et joua à des jeux en ligne.

— Quel était le nom du disque à la Fin de l'été? Le disque allemand?

Content de faire une pause, Jacob détourna le regard du lecteur de microfilms et essaya de se rappeler.

— Ça commençait par la lettre W. Wiggenlead ou quelque chose comme ça. Je me souviens parfaitement de deux mots sous le titre : *guten* et *nacht*.

Ichiro tapa les deux mots dans le moteur de recherche.

— Tu avais raison, ça veut dire « bonne » et « nuit » en allemand.

Il rechercha ensuite *wiggenlead guten nacht*. Google corrigea l'orthographe et afficha un défilé de résultats.

— Tu étais proche. J'ai trouvé *Wiegenlied : Guten Abend, gute Nacht*. En français, on l'appelle *Bonsoir, bonne nuit* ou la *Berceuse de Brahms*.

Ichiro cliqua sur l'un des résultats de sa recherche.

— Selon Wikipédia, c'est une des plus célèbres mélodies au monde. Regarde : il y a un fichier audio.

Il cliqua sur la flèche et s'adossa à sa chaise pendant que des sons assourdis sortaient en crépitant des haut-parleurs.

C'était lent et triste, à la fois réconfortant et mélancolique. La musique parut remplir la petite pièce de vagues électriques d'un bleu glacé qui conféraient à l'après-midi une atmosphère sombre et suffocante. Il s'agissait d'un enregistrement différent, mais la chanson était la même que celle qui avait joué sur le gramophone.

Bonne nuit, cher trésor,
ferme tes yeux et dors.
Laisse ta tête s'envoler
au creux de ton oreiller.
Un beau rêve passera,
et tu l'attraperas.
Un beau rêve passera,
et tu le retiendras.

La musique se tut et après un bref moment de sifflement statique, l'enregistrement prit fin et un silence assourdissant envahit la salle.

— Ma mère me chantait ça quand j'étais petit, dit Jacob.

Telle une marée, ses pensées allaient de sa mère au bruit apaisant du lac léchant le canot comme s'il l'invitait à l'île, vers le vieux gramophone et vers les phrases familiales encadrées sur les murs de la Fin de l'été.

*Famille
Là où la vie commence
et où l'amour ne finit jamais...*

La famille est tout.

*Bénie soit la nourriture devant nous,
la famille à côté de nous,
et béni soit l'amour entre nous.
Amen.*

*Laissez-les dormir,
car à leur réveil,
ils déplaceront des montagnes.*

Sauf cette dernière, toutes les autres mentionnaient précisément la famille. Et Jacob supposa que la dernière faisait allusion aux enfants qui dormaient.

— Les Stockwell avaient sûrement des enfants, dit-il.

— Hein?

— La berceuse sur le phonographe, les phrases sur la famille dans chaque pièce, le berceau...

Repoussé contre la porte, pensa-t-il.

— Les enfants qu'on a entendu chuchoter au sous-sol, ajouta Ichiro. Mais si cette famille nageait dans le bonheur, pourquoi les chuchotements sont-ils devenus des cris? Pourquoi avait-on cloué la porte du sous-sol?

— Je ne sais pas, répondit Jacob.

Il avait l'impression de ne pas *vouloir* connaître les réponses à ces questions précises. Ne trouvant rien d'autre à dire, il retourna au lecteur de microfilms et recommença à faire défiler les jours d'un passé depuis longtemps révolu.

Il était au milieu du mois d'août quand Ichiro se redressa soudain et lui demanda d'arrêter.

— Qu'est-ce qu'il y a? demanda Jacob, curieux.

— Retourne un peu en arrière. Je pense avoir vu quelque chose.

Jacob sentit son cœur battre plus vite. Il plia ses doigts engourdis et tourna le bouton dans la direction opposée. Les pages défilèrent lentement de droite à gauche.

Ichiro avait les yeux rivés sur l'écran, à la recherche de ce qu'il croyait avoir vu.

— Là! s'écria-t-il en tapotant l'écran d'un air triomphant. Juste là!

Ce n'était pas un simple faire-part de mariage, mais un article complet. Jacob sentit qu'ils venaient de gagner le gros lot.

LE DOCTEUR
CONSTRUIT
UNE MAISON DE RÊVE

La municipalité de Valeton peut se vanter d'héberger une des plus belles résidences privées de la région de Muskoka – peut-être même de tout le nord de la ville de Toronto. Le Dr James A. Stockwell, auparavant chirurgien à l'hôpital général de Toronto et actuellement praticien à l'hôpital public de Muskoka pour les tuberculeux à Gravenhurst, est sur le point de mettre un point final au projet. La construction de la maison a débuté il y a deux ans et elle devait être habitable au bout de trois ans, mais on s'attend maintenant à ce qu'elle soit achevée le 1er décembre, soit trois ou quatre mois plus tôt que prévu. Comme elle est destinée à devenir le plus important ornement architectural de la ville et la résidence privée la plus importante de la région, il convient d'en faire la description pour nos lecteurs, tant locaux qu'éloignés.

Bâtie sur le modèle d'une maison de campagne, elle est principalement en bois, mais ce n'est pas un simple chalet d'été, car elle est conçue pour être habitée à longueur d'année et comprend un sous-sol creusé à presque six pieds sous le niveau du sol. Le joyau de cette résidence est sans aucun doute la propriété même, car la maison est sise sur une île privée du lac Sepequoi, d'une beauté naturelle et d'une majesté spectaculaire.

Nos lecteurs comprendront sans peine qu'une structure aussi immense n'a pu être érigée et achevée dans un lieu aussi retiré sans un investissement de capital correspondant. La propriété, y compris la résidence, a déjà coûté au Dr Stockwell la somme de 11 000 dollars. Mais le coût réel de la maison, une fois terminée, sera de 13 000 dollars, sans compter l'argent requis pour meubler de façon convenable les nombreuses pièces somptueuses.

Le Dr Stockwell, qui a consacré sa vie au traitement des tuberculeux, et sa fiancée, Tresa Althaus, ont nommé la maison « Fin de l'été » selon la tradition britannique de donner à une résidence privée un nom digne de sa magnificence. Ils prévoient se marier cet automne et Mlle Althaus souhaite voir, si Dieu le veut, leur foyer se remplir le plus vite possible du bruit de pas de petits pieds et des rires de jeunes enfants. Nos lecteurs leur souhaiteront sans aucun doute tout le bonheur possible à l'aube de la grande aventure qu'ils sont sur le point d'entreprendre.

— Seigneur! s'exclama Ichiro quand ils eurent terminé leur lecture. Treize mille dollars. Je pense que c'est ce que coûte notre vol vers le Japon.

— Alors, on sait qu'en plus d'y avoir vécu, les Stockwell ont construit la Fin de l'été. Et James a traité des tuberculeux à Gravenhurst.

Jacob se dit que c'était une drôle de coïncidence qu'ils soient tombés par hasard sur un article concernant l'hôpital public de Muskoka pour les tuberculeux. Mais encore une fois, si l'hôpital était surpeuplé pendant l'épidémie, le journal devait régulièrement publier des demandes d'aide et de dons. Il y avait sans doute des articles sur l'hôpital dans chaque numéro mais Jacob avait dû les manquer.

— Et regarde ça, reprit Ichiro en indiquant le bas de l'article. « Ils prévoient se marier cet automne, et Mlle Althaus souhaite voir, si Dieu le veut, leur foyer se remplir le plus vite possible du bruit de pas de petits pieds et des rires de jeunes enfants », lut-il à voix haute. Tresa adorait les bébés. Tu avais raison, une fois de plus.

Cette fois, Jacob aurait préféré s'être trompé. Il avait le sentiment que quelque chose de néfaste, de sinistre, était arrivé aux enfants Stockwell.

SEPT

Le 23 juillet

Le soleil du milieu de l'après-midi, rond et brillant, dominait le ciel sans nuages. Sa chaleur se répandait sur la terre, jaunissait l'herbe et brûlait la peau de quiconque restait dehors trop longtemps.

Assis à l'ombre d'un gros orme, Jacob et Ichiro essayaient de se rafraîchir en s'éventant avec leurs casquettes de baseball. Même s'ils avaient quitté le terrain de basketball dix minutes plus tôt, la sueur continuait de perler sur leur front et de couler dans leur cou.

— Il fait vraiment chaud, dit Ichiro.

— C'est l'euphémisme du siècle, répliqua Jacob.

— Je voudrais être assis dans une chaise berçante, m'éponger le front avec mon mouchoir et parler avec un accent du sud.

— Tout en sirotant une *sarsaparilla*.

— Je me suis toujours demandé ce que c'était.

— Je n'en ai aucune idée. Mais je suis sûr que c'est délicieux.

Ils avaient trop chaud pour rire. Ichiro se pencha en arrière et ferma les yeux. Jacob pinça le col de son tee-shirt et le tira rapidement d'avant en arrière pour créer un petit courant d'air autour de son cou. Des insectes bourdonnaient depuis la fraîcheur de leurs cachettes sous des plaques d'herbe et dans les replis de l'écorce des arbres.

— Ça m'est même complètement égal d'avoir été battu si rapidement, reprit Ichiro. Il vaut mieux être battu à plate couture et horriblement humilié que de mourir d'une insolation : voilà ma devise.

— Voilà une remarque édifiante!

Les yeux mi-clos, Jacob suivait distraitement la partie de basketball. Des vagues de chaleur claires et chatoyantes jaillissaient des fissures dans l'asphalte, donnant au terrain de basketball l'apparence d'un mirage dans le désert.

Au milieu du terrain, Hannah agrippait fermement le ballon. Son frère était à sa droite et Blake, un garçon plus vieux aux cheveux très courts et à la peau huileuse, était à sa gauche. Ils étaient les trois derniers joueurs de la partie de *HORSE*. D'autres enfants du voisinage, d'âges divers, avaient été éliminés ou avaient décidé d'abandonner plus tôt, préférant perdre leur contribution d'un dollar et quitter le parc en quête de piscines et de sous-sols climatisés. Jacob et Ichiro étaient les seuls spectateurs.

— Je vais le faire en trois pas en driblant, annonça

Hannah, juste assez fort pour être entendue de Jacob assis à l'ombre — pas si fraîche que ça — de l'orme. Sauter, faire un panier, pivoter dans les airs et atterrir devant les deux perdants.

— Bonne chance, rétorqua Blake sur un ton un peu sarcastique. Je suis convaincu que tu vas réussir.

— Merci, répondit nonchalamment Hannah.

Puis, sans attendre davantage, elle fit trois pas en driblant, sauta, lança le ballon, pivota dans les airs et atterrit devant ses deux opposants — qui se retrouvèrent en effet perdants. Le ballon rebondit sur le panneau et passa à travers le filet. En riant, Hannah se dirigea vers Blake. Elle lui passa le ballon.

— Merci encore, mon gars, dit-elle. Ton vote de confiance m'a donné l'énergie nécessaire pour compter.

Blake attrapa le ballon sans répondre. Ruisselant de sueur, les joues empourprées, il semblait sur le point de s'évanouir. Hayden avait l'air presque aussi mal en point. Quant à Hannah, elle paraissait capable de continuer à jouer pendant des heures sans avoir besoin d'une pause.

Après avoir fait rebondir deux fois le ballon, Blake s'arrêta pour s'essuyer les mains sur son short à motif de camouflage. Il étudia le terrain, planifiant sans aucun doute le prochain coup dans sa tête.

— Prends ton temps, dit Hannah. Un petit rappel

amical : tu en es à H-O-R-S. Si tu rates ce panier, tu es éliminé.

Jacob devinait le sourire derrière chacune de ses paroles.

Blake ouvrit la bouche; il cherchait manifestement une insulte à répliquer, mais il ne trouva rien à dire et serra les lèvres en tournant son attention vers le panier. Après un autre rebond stationnaire, il s'élança pour traverser le terrain brûlant. Il lui fallait quatre pas pour atteindre le panier — un petit changement par rapport à ce qu'Hannah avait fait, mais pas suffisant pour le disqualifier; il sauta, lâcha le ballon, pivota dans les airs et atterrit miraculeusement devant Hannah. Il esquissa un petit sourire incrédule, mais le ballon rebondit deux fois sur l'arceau et retomba au sol sans l'avoir traversé. Au lieu de prendre le ballon et de le passer à Hayden, Blake le laissa à terre et, les yeux baissés, il quitta le terrain. En passant devant Hannah, il leva une main sans la regarder et dit :

— Je m'en fiche.

Une fois à l'ombre de l'orme, il s'effondra sur le dos sans parler. Il mit son bras sur ses yeux.

— Hé, Blake, chuchota Ichiro. Es-tu mort?

— Peut-être, répondit Blake d'une voix enrouée, les lèvres sèches. Je ne suis pas certain. Mais si je suis au paradis, je veux ravoir mon argent.

Jacob lui tendit sa bouteille d'eau et Blake en but la moitié d'un trait, puis se tut de nouveau. Jacob reporta son attention vers la partie et vit Hayden sous le panneau, devant sa sœur, pendant que le ballon traversait le panier.

— Impressionnant, petit frère, dit Hannah.

— Tu as huit minutes de plus que moi, rétorqua Hayden en passant le ballon à sa sœur.

— Et regarde ce que j'ai fait de ces huit minutes.

Hayden haussa les épaules.

— Plus jeune, plus vieux... Je suis capable de te battre.

— D'accord, dit Hannah en levant les pouces.

— Tu n'es pas invincible. Dois-je te rappeler que tu as un *H*?

— Et toi, H-O. Qu'est-ce que tu insinues?

— Ce que je cherche à dire, répondit Hayden en haussant le ton, c'est que tu as raté des paniers avant et que tu peux en rater d'autres.

— Eh bien, dans ce cas, oui, vas-y. Lance le prochain ballon.

Hannah adorait jouer le rôle de la sœur magnanime. C'était la meilleure façon d'enquiquiner son frère. Elle l'aimait, mais elle aimait aussi le taquiner. Elle lui passa le ballon avant qu'il n'ait eu le temps de refuser son offre.

Visiblement peu enchanté par cette démonstration

pas vraiment sincère de camaraderie, il marcha vers un angle du terrain et lança le ballon. Il frappa l'anneau et rebondit.

— Ah! Dommage, dit Hannah.

Elle fit quelques pas et ramassa le ballon.

— Je pensais que tu allais réussir.

Ichiro soupira.

— J'ai hâte qu'ils en finissent. Nous pourrions être déjà à la plage.

La plage semblait une excellente idée, mais c'était à l'île que Jacob voulait aller. Il y pensait presque constamment. Il avait l'impression qu'il était un poisson accroché à un hameçon et que l'île tirait sur la ligne. Il allait se coucher en pensant à la Fin de l'été et se réveillait en rêvant de la maison. Des rêves étranges, sombres, qui, heureusement, s'évanouissaient avec la lumière du matin. Il regarda le corps inerte de Blake. Celui-ci était complètement immobile depuis quelques minutes et il ronflait légèrement.

— Je préférerais aller à la Fin de l'été plutôt qu'à la plage, chuchota néanmoins Jacob. Il nous reste encore tant de choses à voir et j'ai le sentiment qu'on s'approche de la vérité : on est sur le point de découvrir ce qui s'est passé là-bas.

Les yeux écarquillés, Ichiro regarda brièvement Blake et Jacob à tour de rôle.

— Il ne faut pas qu'il t'entende, dit-il à voix si basse que Jacob comprit à peine ce qu'il disait.

— Il dort, murmura Jacob. Et même s'il était réveillé, il ne sait même pas ce qu'est la Fin de l'été.

— Je ne dors pas, dit Blake sans se donner la peine de se redresser ou d'ouvrir les yeux. Et je connais la Fin de l'été.

Ichiro leva les mains en l'air et lança un regard courroucé à Jacob, qui sentit son moral tomber à zéro. Mais les paroles de Blake avaient produit leur effet.

— Tu connais la Fin de l'été?

— Ouais, je connais cette maison hantée.

— Hantée? demanda Ichiro. Qu'est-ce que tu veux dire par « hantée »?

— Qu'est-ce que je veux dire, d'après toi?

Blake se redressa et les regarda d'un air méfiant.

— Combien de fois êtes-vous allés là-bas?

— Juste deux fois, se hâta de répondre Ichiro, comme s'il avait été surpris à faire quelque chose de défendu.

Blake se frotta le visage et passa une main sur son crâne.

— Deux, hein? Cette maison vous a accrochés, c'est sûr.

— Allons, deux fois, c'est presque rien, répliqua Jacob en riant nerveusement.

— Il n'en faut pas plus.

— Qu'est-ce que tu sais à propos de l'endroit? reprit Jacob qui s'efforçait de garder un ton neutre. Combien de fois y es-tu allé, toi?

— Jamais, persifla Blake, l'air offensé. Mais mon frère, oui.

— Ton frère?

— Ouais, Colin. Il est plus vieux, il a quitté la ville il y a des années. Il se déplace beaucoup. En tout cas, quand il était à l'école secondaire, il allait à cette île avec des amis presque chaque fin de semaine pendant l'été. Ils s'en servaient pour faire la fête, vous savez. Il disait qu'il y avait une vieille maison abandonnée, énorme, qui s'appelait la Fin de l'été. Ses amis et lui se défiaient d'y entrer, mais personne n'avait le courage de faire plus de deux ou trois pas à l'intérieur. Colin adorait aller là-bas et, en même temps, il avait peur. Il comparait la maison et son corps à deux aimants — quand on les tient à l'envers, des forces invisibles les séparent, mais, quand on en retourne un, ils sont aussitôt attirés l'un vers l'autre.

Repousser et attirer, pensa Jacob. *J'ai la même impression.*

La voix d'Hannah perça soudain la chaleur.

— C'est simple, dit-elle à Hayden. Juste un lancer de grand-mère depuis le centre du terrain. Impossible de le rater.

Elle s'accroupit et arqua ses jambes comme si elle

montait le plus petit cheval invisible du monde, puis elle lança le ballon qu'elle tenait entre ses jambes. Il vola haut dans les airs et — *swoosh* — tomba à travers le filet sans même toucher l'arceau.

Blake regardait au-delà d'Hannah, au-delà d'Hayden, du ballon et des paniers, au-delà des arbres derrière le terrain.

— Au début, Colin n'arrêtait pas de me parler de ces fêtes. Je pensais qu'il se vantait, qu'il voulait me faire croire qu'il était plus cool qu'il ne l'était en réalité. Mais plus il allait à la Fin de l'été, moins il en parlait. Jusqu'au jour où son copain Kent est entré tout seul dans la maison. Colin m'a dit que Kent y est resté moins de cinq minutes, mais qu'il a eu l'impression que c'était une heure. Et quand Kent est sorti, il était pâle et en sueur. Sans prononcer une seule parole, il a marché vers les embarcations. Ils étaient presque arrivés chez eux quand il s'est tourné vers mon frère et lui a raconté ce qu'il avait vu.

Silencieux, fascinés, Jacob et Ichiro écoutaient Blake leur confier ce qu'il avait appris sur la Fin de l'été. Jacob sortit de sa transe en entendant Hayden pousser un cri de joie : il avait réussi le lancer de grand-mère d'Hannah.

— Et qu'est-ce qu'il avait vu? demanda-t-il.

Blake émit un rire qui semblait vouloir dire « Si je

vous le dis, vous ne me croirez pas ».

Mais il le leur dit quand même :

— Des fantômes.

Jacob et Ichiro restèrent bouche bée quelques instants.

— Vous n'avez pas l'air surpris, reprit Blake. Vous avez vu des fantômes là-bas, vous aussi?

— Non, répondit Jacob. On s'est contentés d'explorer l'île. On n'est pas encore entrés dans la maison.

Le mensonge était sorti vite et facilement. Il n'avait pas envie de poursuivre sur cette voie, de partager ses souvenirs avec Blake.

— Comme ça, Kent a vu des fantômes? dit Ichiro, reprenant là où Blake s'était arrêté.

— Deux, acquiesça Blake. Et il en a entendu bien d'autres.

Il rit de nouveau, mais Jacob le trouva sceptique et peut-être un peu terrifié.

— En tout cas, c'est ce qu'a dit mon frère. Moi, je ne sais pas.

— A-t-il dit autre chose à propos de ces fantômes? demanda Jacob en s'efforçant d'avoir l'air désinvolte.

— Ouais. Le premier a couru vers Kent dans le corridor. C'était une femme. Il a cru qu'elle était réelle jusqu'au moment où elle a tenté d'agripper son bras. Sa main est passée au travers.

Jacob frissonna malgré la chaleur.

— Qu'est-ce qu'elle voulait?

— Elle a chuchoté : « James arrive. Mon mari, il me poursuit. Il va te faire du mal. Viens au sous-sol avec moi. On peut s'y cacher. On peut y être en sécurité pour toujours ».

— Qu'est-ce qui s'est passé après ça? demanda Ichiro.

— Un autre fantôme est apparu dans le corridor. C'était un grand barbu avec un tablier blanc et il portait une sacoche de cuir. Il a crié : « Va-t'en! », puis il a déposé sa sacoche sur la table et a défait les attaches.

Clic! Le son résonna dans l'imagination de Jacob. *Clic!* Il sentit le sang se retirer de sa tête.

— Qu'est-ce qu'il y avait dans la sacoche?

— Kent n'est pas resté pour le découvrir.

— Qu'est-ce qu'il a fait?

— D'après toi? Il est sorti de là. Vite. Et il a couru droit vers les bateaux. Personne n'a douté de son histoire, même si elle avait l'air tirée par les cheveux. Ils ont tous fait un pacte de ne jamais retourner à l'île. Après le secondaire, ils ont tous déménagé et ne sont jamais revenus.

Jacob secoua la tête. L'idée de se séparer de ses amis de si bonne grâce lui était étrangère.

— Mon frère n'a jamais reparlé de la Fin de l'été, dit Blake. Pas un mot. Croyez-moi, les gars : cette maison est hantée.

Il mordilla nerveusement ses ongles un instant, le regard fixe.

— Écoutez, allez-y si vous voulez. Ça m'est égal. Moi, jamais de ma vie je n'irais sur cette île.

Sur le terrain, Hannah s'assit sur l'asphalte, les jambes croisées, à deux mètres du panier et, d'une seule main, elle y lança le ballon.

— Dis-moi que tu plaisantes, marmonna Hayden.

Il attrapa le ballon, s'assit et hurla de douleur.

— Le terrain est brûlant!

Il se hâta de lancer. Le ballon vola à un mètre du panier, mais Hayden n'eut pas l'air de s'en formaliser. Il se releva aussitôt et frotta l'arrière de ses cuisses brûlantes.

— Comment as-tu fait pour rester assise assez longtemps pour réussir ton lancer?

— Je dois être plus coriace que toi, j'imagine, répondit Hannah. Au cas où tu l'aurais oublié, tu en es à H-O-R-S.

— Merci. Je n'avais pas oublié. Tu ne cesses de me le rappeler.

— Tu as dit que Kent avait entendu d'autres fantômes que ces deux-là, le mari et sa femme, dit Jacob. Qu'est-ce qu'il a entendu?

— Oh! Oui, c'est vrai, soupira Blake.

La peau de son visage, auparavant marbrée de taches

rouges, était devenue blanche et cireuse.

— Il a dit que c'était le pire. La partie qui a failli le rendre fou et qui a hanté ses cauchemars pendant des jours après son départ. Quand l'homme imposant est apparu avec sa sacoche, peu de temps après que la femme avait essayé d'entraîner Kent au sous-sol, il a entendu des voix venues de là. Des plaintes, puis des cris. Ils ont supposé que c'étaient les enfants du couple qui pleuraient et hurlaient. Une chose était sûre : quelqu'un était mort là. Ça a du sens, non? Une vieille maison abandonnée sur une île isolée, inhabitée depuis des années. Un mari en colère. Une femme terrifiée. Et des enfants cachés dans le sous-sol.

Jacob et Ichiro se regardèrent en silence. Jacob avait l'estomac à l'envers, il était sur le point de vomir l'eau qu'il avait avalée après avoir obtenu toutes les lettres de *H-O-R-S-E*.

Hayden se trouvait à trois mètres *derrière* le panier. Il lança le ballon qui décrivit un arc haut dans les airs au-dessus du panneau et s'approcha de l'anneau, mais le rata de quelques centimètres.

— C'est un E pour toi, et j'ai gagné la partie, dit Hannah en prenant un tas de pièces de monnaie sur une souche d'arbre. Cet argent aussi, bien sûr.

Elle secoua les pièces dans son poing et sourit.

— Ça compense la suspension que la ligue m'a

imposée : trois parties de baseball. Je pense que je vais consacrer mes nouveaux loisirs à jouer au basket et à empocher l'argent de tout le monde.

En temps normal, Jacob aurait regretté de ne pas avoir vu le panier qu'Hannah avait réussi à marquer de derrière le panneau. Mais après l'histoire de Blake, le jeu et l'incroyable performance d'Hannah semblaient insignifiants. Avant cet été, ces choses auraient compté bien plus pour lui. Il avait l'impression que son enfance lui échappait.

— Et maintenant, excusez-moi, mais je rentre chez moi. Je vais remplir ma baignoire de glace et y passer le reste de l'après-midi. Je ne ressortirai peut-être jamais plus de la maison.

Blake se leva pour partir, mais une pensée lui traversa l'esprit et son expression s'assombrit de nouveau.

— J'oubliais. Kent a raconté autre chose à Colin. Quand il est sorti en courant de la Fin de l'été, il a regardé par-dessus son épaule. Le tablier de l'homme était déchiré, comme s'il avait été poignardé en plein cœur, et du sang se répandait sur sa poitrine. La blouse de la femme était aussi trempée de sang, mais elle n'avait pas été poignardée au cœur. Elle avait été éventrée, termina Blake en passant un doigt sur sa taille.

HUIT

Le 31 juillet

Pendant plus d'une semaine, la tête de Jacob se remplit d'images d'horreur chaque fois qu'il fermait les yeux. De longs poils. Des yeux noirs. Une peau verte. Des griffes qui l'égratignaient, le piquaient, le tailladaient, le tiraient vers le fond, toujours plus bas, où il restait pour toujours avec une foule d'autres enfants noyés.

Il s'efforçait de fermer les yeux le moins souvent possible. Mais il avait beau essayer de rester éveillé, le sommeil finissait toujours par avoir raison de lui.

Quand son corps à demi conscient glissa dans son lit et tomba dans un long tunnel noir, il rêva que sa mère lui chantait une berceuse.

La Berceuse de Brahms.

Crac, crac.

Sa mère se transforma en Tresa. Elle le regarda comme s'il était son propre fils.

— Dors maintenant, dit-elle. Parce qu'à ton réveil, tu déplaceras des montagnes.

Il s'enfonça plus profondément dans son rêve, tomba plus loin dans le tunnel noir.

Sa mère était allongée sur une table d'opération. Elle

tourna lentement la tête et regarda fixement Jacob de ses grands yeux de poupée.

— Ne t'en fais pas, Jake, dit-elle sans émotion. Tout ira bien.

La Berceuse de Brahms continua de jouer dans sa tête, même si ni sa mère ni Tresa ne chantaient les paroles.

— Tout ira bien pour toi, Jacob, dit Tresa. Continue de tomber. Plus bas. Nous serons en sécurité au sous-sol.

Il dégringola de plus en plus bas.

Un chirurgien sans visage s'approcha de sa mère, empêchant Jacob de la voir. Il portait une vieille sacoche de cuir qu'il déposa sur la table d'opération.

Il défit une attache.

CLIC!

Puis l'autre.

CLIC!

La sacoche s'ouvrit avec un grincement qui ressemblait à un cri rouillé. Des scies et des couteaux étaient arrimés aux parois intérieures. Des instruments chirurgicaux archaïques datant des années 1800, rouillés, mais encore tranchants et éclaboussés de sang aussi clair et rouge que l'aile d'un cardinal.

Le chirurgien prit un long couteau.

Crac, crac.

Il prit une agrafe artérielle.

Crac, crac.

Il prit une grande scie chirurgicale munie d'une poignée.

Crac, crac.

Les traits du chirurgien apparurent lentement. Jacob n'éprouva aucune surprise en découvrant qui c'était.

Le Dr James Stockwell.

— Tu ne devrais pas être ici, dit-il à Jacob.

Sa barbe frémissait de rage.

Il se tourna et commença à opérer la mère de Jacob avec ses instruments chirurgicaux, et Jacob était incapable de bouger, il était obligé de regarder, puis il se retrouva lui-même sur la table d'opération à la place de sa mère qui était debout à côté de la table, Tresa se tenait à ses côtés, et le médecin leva la scie.

— Nous serons en sécurité au sous-sol, dit Tresa.

— Déplace des montagnes, Jake, dit sa mère.

— Dans le sous-sol pour toujours, dit Tresa.

— Il est temps de partir, dit le docteur.

Et il abaissa la scie, se mit à scier, scier, scier.

Et Jacob cessa de tomber.

NEUF

Le 1er août

Tôt le matin, bien avant le lever du soleil, Jacob était couché dans son lit, les yeux grands ouverts. Par la fenêtre, il regarda les branches de l'arbre se balancer dans la brise qui offrait un petit soulagement après la chaleur torride de la veille.

Il avait fait un autre cauchemar, différent, cette fois. Pire. En début de semaine, il avait rêvé du Kalapik. La nuit dernière, il avait rêvé de James et de Tresa, de sa mère, de lui-même et d'une scie chirurgicale.

Il ne voulait pas y penser. Il éprouvait le besoin d'être avec ses amis. Il voulait s'en aller. Et pour une raison complètement démente, il voulait aller à l'endroit même qu'il avait vu en rêve.

Il envoya deux brefs messages textes à Ichiro.

> Tu veux aller à la fin de l'été aujourd'hui?

> On peut y aller avec h+h, dis-moi ce que tu en penses et je vais les appeler

117

Il éteignit son téléphone et le posa sur sa table de chevet, puis il se retourna et essaya de dormir encore un peu. Il ne voulait pas rêver, mais il était complètement épuisé. Et il avait l'impression qu'il allait devoir être alerte et avoir la tête claire quand il retournerait sur l'île.

———

Jacob cessa un instant de ramer et bâilla.

— Tu es fatigué, Jacob? lui demanda Hayden derrière lui. C'est la troisième fois que tu bâilles en trois secondes.

— C'est impossible de bâiller trois fois en trois secondes, protesta Hannah.

Assise derrière son frère, elle guidait le canot qui glissait sur le lac Passage.

— Bon, disons qu'il a beaucoup bâillé en peu de temps. Contente?

Hannah haussa les épaules.

— Je n'ai pas très bien dormi la nuit dernière, expliqua Jacob, minimisant l'épouvantable qualité de son sommeil.

Ils continuèrent de ramer en silence.

— Ichiro, dit Hayden, redis-moi pourquoi tu as appelé ce canot la *Frégate écarlate*.

— Parce qu'il est rouge, répondit simplement Ichiro.

— Ah!

— Et parce qu'il vogue.

— Bien entendu, dit Hayden. Mais techniquement, il ne vogue pas.

— Peut-être pas, mais j'aime bien les allitérations.

— Comme *tape* et *tête*, ajouta joyeusement Hannah.

— Tape et tête? s'étonna Hayden. C'est nul.

— Pas vraiment, répliqua Hannah en frappant doucement son frère à l'arrière de sa tête.

— Ouille! Arrête ça! s'écria Hayden, en mettant une main sur sa nuque.

— J'essaie juste de faire entrer un peu de jugeote dans ta cervelle. Littéralement.

— Eh bien, arrête! Littéralement.

Hayden tourna le dos à sa sœur et se remit à ramer.

— C'est encore loin? demanda-t-il à ses deux amis. Je suis prêt à débarquer de la *Frégate écarlate*, ajouta-t-il en imitant l'accent britannique.

— Plus très loin, répondit Jacob. Tu sauras que c'est l'île quand tu la verras.

— Comment?

Jacob secoua la tête. Il savait que ce qu'il était sur le point de dire semblerait incroyable jusqu'au moment où Hayden verrait l'île de ses propres yeux.

— Elle va t'appeler.

— M'appeler? Sur mon cellulaire, tu veux dire? Je viens de vérifier et la réception est horrible ici.

Hayden éclata de rire. Il était bien le seul.

Jacob ne répondit pas.

— Et il y a une maison sur l'île, dit Hannah en repassant les quelques renseignements partagés par Jacob et Ichiro. La fin de quelque chose.

— La Fin de l'été, précisa Ichiro.

— Et vous pensez qu'elle est hantée par un médecin psychopathe et la femme et les enfants qu'il a tués autrefois.

Après avoir échangé un regard oblique, Jacob et Ichiro hochèrent la tête.

— On peut encore faire demi-tour, proposa Jacob. Il n'est pas trop tard.

— Tu plaisantes? protesta Hannah. Ça a l'air génial.

— Je pensais que tu ne croyais pas aux fantômes, dit Hayden.

— Je n'y crois pas, et je suis sûre que ces deux poules mouillées ont laissé leur imagination leur jouer des tours, ajouta-t-elle en faisant un geste vers Jacob et Ichiro. Quand même... une maison abandonnée sur une île, et pleine de trucs bizarres à explorer? Et pas de père...

Elle secoua la tête comme si elle s'était trompée.

— *Pas d'adultes* pour nous dire *ne fais pas ceci* et *ne fais pas cela*. On dirait le paradis, conclue-elle.

Jacob tint sa langue. C'était exactement ce qu'il

avait ressenti quand il avait découvert l'île avec Ichiro. Maintenant, il commençait à regretter de l'avoir découverte. Mais il était incapable de rester loin d'elle; il avait l'impression d'être sur des rails qui continuaient à le conduire à la Fin de l'été. Il avait, comprit-il, dépassé le point de non-retour, et le sentiment d'impuissance ainsi que le sentiment d'avoir perdu le contrôle le terrifiaient presque autant que le fantôme du Dr Stockwell.

— C'est juste devant, annonça Ichiro. Après ce marécage.

Jacob perçut une note de peur dans la voix de son ami.

Ils dépassèrent les derniers chalets alignés sur la grève et traversèrent silencieusement le marécage.

Autour d'eux, l'air répondit avec encore plus de silence. Jacob et Ichiro étaient habitués à l'étrange immobilité du lac Sepequoi, mais les jumeaux semblaient perplexes.

— Qu'est-ce que c'est que ça? demanda Hannah.

— Tu le sens toi aussi? dit Hayden. J'ai l'impression que mes oreilles vont éclater.

— Ça arrive chaque fois, expliqua Ichiro. On s'habitue.

— Il doit y avoir un genre de champ magnétique ou quelque chose comme ça dans le coin, dit Hannah. D'après vous, est-ce que ça pourrait être causé par le minerai bizarre dans ces falaises de l'autre côté du lac?

— Peut-être, répondit Jacob.

Ou c'est peut-être l'île, pensa-t-il. Mais il garda cette pensée pour lui. Il savait que les jumeaux arriveraient à leurs propres conclusions en temps opportun.

Clac!

— Ouille! cria Hayden en rejetant son aviron au fond du bateau.

Il se tourna vers sa sœur, l'air courroucé.

— Tu m'as encore frappé. Pourquoi?

— Parce que tu fredonnais. Ça me glaçait le sang dans les veines.

— Je ne fredonnais pas.

— C'était toi, Jacob? demanda Hannah, à la fois confuse et sceptique. Ou Ichiro?

— Non, répondirent-ils à l'unisson.

— Je jure que j'ai entendu quelqu'un fredonner, et quand je découvrirai lequel de vous me ment...

— C'était la chanson de l'île, dit Jacob.

— De quoi tu parles?

— Laisse-moi deviner : ça ressemblait à une berceuse?

Hannah inspira profondément et fit signe que oui.

— C'est la Berceuse de Brahms et je l'entends, moi aussi, dit Jacob. Chaque fois que je viens ici. Je l'entends dans l'eau. Je l'entends dans le vent. Je l'entends dans les battements de mon propre cœur, comme si elle infectait le sang dans mes veines. C'est comme une maladie... mais je ne peux lui résister.

Il secoua la tête et regarda l'eau, puis derrière lui. Les jumeaux le dévisageaient, les yeux ronds, bouche bée.

— Ouais, c'était lui qui fredonnait, dit Hayden en se tournant à demi vers sa sœur. La prochaine fois, c'est lui que tu dois frapper, pas moi.

— Ce n'était pas lui, intervint Ichiro. Il dit la vérité. À notre deuxième visite, la chanson a même joué toute seule sur un vieux tourne-disque dans la maison.

— Tu veux faire demi-tour, frérot? demanda Hannah.

— Non. Et toi?

— Absolument pas.

Tourné vers la proue du canot, Jacob se remit à ramer en direction de l'île.

Vous allez changer d'idée, pensa-t-il.

———•———

Ils quittèrent le quai branlant et empruntèrent le sentier menant à la maison. Tandis qu'ils se penchaient sous les branches et contournaient les buissons d'orties, Jacob eut une impression étrange. Il aurait juré qu'un cinquième marcheur invisible les accompagnait, parfois derrière eux, parfois à gauche ou à droite, parfois devant eux. Et juste avant de sortir des bois et d'entrer dans la clairière où la Fin de l'été les attendait, le bruit des pas résonna dans sa tête.

Il préféra ne pas en parler aux autres.

En plus d'être incongru, ce bruit semblait s'harmoniser avec le rythme de la Berceuse de Brahms. Il avait peur, mais n'était pas totalement surpris.

———

— Je me suis trompée, déclara Hannah.

Debout dans le vestibule, ils constataient l'état de saleté et de délabrement du lieu.

— Cet endroit n'est pas le paradis. C'est le septième ciel.

Hayden approuva d'un signe de tête.

— C'est super génial. Vous auriez dû nous amener plus tôt. Je parie que cette maison recèle une centaine de secrets et on n'a plus que la moitié de l'été pour les découvrir.

— On pourra revenir après le début de l'année scolaire, suggéra Hannah. Jusqu'à ce que le lac gèle, je veux dire.

— Non, l'interrompit Hayden. Les parents d'Ichiro vont vendre le canot à la fin de l'été, tu te rappelles?

— C'est dommage, dit Ichiro. Blake nous a dit que son frère aîné et sa bande d'amis venaient faire la fête sur l'île quand ils étaient élèves au secondaire.

— Il nous a aussi raconté qu'ils ont tous eu tellement peur qu'ils ont quitté la ville dès qu'ils l'ont pu, renchérit Jacob.

— C'est un bon point, dit Ichiro. Vous avez donc de la chance que je déménage.

— Avons-nous raison d'être ici? demanda Hayden. Si la maison a épouvanté une bande d'ados et que l'île a séparé un groupe d'amis, on ne ferait pas mieux de décamper tout de suite?

— Tant que nous restons ensemble, tout ira bien, le rassura Jacob. Ichiro et moi sommes venus deux fois ici et rien ne nous a fait mal. D'ailleurs, s'il se passe quelque chose, on peut toujours partir et rentrer directement chez nous.

L'air encore inquiet, Hayden hocha néanmoins la tête.

Hannah regarda Jacob et Ichiro.

— Vous parlez tous comme si cet endroit était vraiment hanté, maudit ou je ne sais trop quoi, dit Hannah. L'un de vous deux a-t-il vraiment vu un fantôme quand vous étiez ici?

— Blake a dit que l'ami de son frère avait vu le docteur et sa femme, répondit Ichiro.

— J'ai demandé si *vous* aviez vu un fantôme, pas si vous aviez entendu quelqu'un parler d'une chose qui serait arrivée il y a des années à un jeune qu'on n'a jamais rencontré.

À peu près sûr de la réaction d'Hannah, mais ne trouvant rien d'autre à dire, Jacob répondit :

— Et on a entendu des bruits de pas, des rires et des cris.

— Précisément! s'exclama Hannah sur un ton triomphant.

Elle leva un doigt en l'air comme un avocat très exubérant qui prouve un point.

— Vous avez *entendu*. Vous n'avez rien *vu*. C'est une vieille bâtisse. Elle craque et grogne. Elle doit être pleine d'animaux : des ratons laveurs, des opossums et des rats.

— Des rats? murmura Hayden.

Il jeta un regard nerveux sur le plancher et leva un pied après l'autre.

— Ouais, des rats. Les pas que vous avez entendus, c'était probablement juste une bande de rats qui détalaient dans la maison.

— Et les rires? insista Jacob. Les cris?

— Les rires, peut-être des écureuils qui jacassaient. Et avez-vous déjà entendu des ratons laveurs se battre? Ils hurlent comme des humains en train de s'entretuer.

Jacob savait que ce qu'il avait entendu ne venait pas d'animaux, mais il n'aurait jamais été capable d'en convaincre Hannah. Qui plus est, il ne voulait pas se quereller pour ça. Il ne voulait qu'une chose : explorer un peu plus en profondeur et, avec de la chance, trouver de nouveaux indices sur ce qui était arrivé aux

Stockwell.

— C'est possible. On s'est peut-être trompés.

— Bien sûr que c'est possible, rétorqua Hannah.

Après avoir fait quelques pas dans le corridor, elle se retourna vers eux.

— Et quand on aura passé quelques heures ici sans qu'il n'arrive rien, vous allez...

Elle s'interrompit, inclina la tête, regarda sous la table du vestibule puis s'accroupit sur le plancher.

— Qu'est-ce qu'il y a, Hannah? demanda Hayden.

Les mots sortirent de sa bouche en un seul jet.

Elle ramassa quelque chose qu'elle examina dans la lumière diffuse. Ça brillait un peu.

— Un collier.

Jacob le regarda d'un peu plus près. C'était le collier avec le pendentif en forme de C, celui qu'ils avaient trouvé collé derrière le cadre sur la table du vestibule à leur première visite.

— Si ça ne vous dérange pas, les gars, je pense que je vais le garder,

Hannah passa la chaîne par-dessus sa tête et glissa le pendentif sous son t-shirt.

Aux yeux de Jacob, ce n'était pas une bonne idée, mais il savait qu'Hannah ne possédait rien d'aussi joli. Lui et les deux autres garçons restèrent silencieux.

— Comme ça, vous avez déjà exploré toute la maison?

demanda Hannah.

— Non, seulement le rez-de-chaussée, répondit Ichiro. On a regardé au bas de l'escalier, mais je n'ai pas très envie de descendre au sous-sol. On n'est pas encore montés à l'étage.

— Eh bien, qu'est-ce qu'on attend? Allons voir ce qu'il y a en haut.

Sans attendre l'approbation de ses compagnons, Hannah traversa le corridor et monta l'escalier. Hayden et Ichiro la suivirent.

Jacob ne put résister à l'envie de regarder dans le bureau du docteur et dans la chambre d'enfant à sa droite, puis dans la pièce adjacente avec les petits lits. La porte du sous-sol était encore entrouverte. Après avoir jeté un bref coup d'œil, il se hâta de rattraper les autres.

Les marches de bois craquèrent bruyamment pendant qu'il montait l'escalier. Il retrouva Ichiro et Hayden qui avançaient lentement dans le couloir, regardant dans les chambres sans oser y entrer. Quant à Hannah, elle se promenait comme si la maison lui appartenait; elle entrait dans les pièces et en ressortait quelques instants plus tard.

— Les chambres sont pleines de meubles antiques, annonça-t-elle sur un ton incrédule. J'ai l'impression que nous avons traversé une sorte de portail et nous sommes retournés cent ans en arrière. C'est bizarre.

Hayden fit un pas dans la chambre la plus proche, regarda de gauche à droite et recula dans le corridor.

— Pourquoi les meubles sont-ils encore là? Si l'extérieur de la maison n'avait pas une telle apparence, je penserais que quelqu'un vit encore ici.

— Il y a probablement encore un propriétaire, suggéra Jacob.

— Dans ce cas, pourquoi n'habite-t-il pas dans la maison? demanda Hayden. Sinon, pourquoi ne vend-il pas la propriété? Je parie que cette île vaut une fortune.

Jacob se contenta de hausser les épaules.

Hannah sortit d'une pièce et entra dans la suivante sans ralentir.

— Hé! Les gars! Allez-vous passer la journée à jacasser dans le corridor? s'écria-t-elle.

Cela suffit à faire bouger les garçons. Aucun d'eux ne voulait avoir l'air effrayé. Ils allaient d'une chambre à l'autre, s'arrêtaient pour ouvrir les tiroirs des commodes et les placards, regardaient sous les meubles à la recherche d'un objet caché ou oublié. La plupart du mobilier était fabriqué en bois foncé, orné de dessins et d'incrustations complexes. Il y avait des lits, des tables de chevet, des tables et des chaises dans chacune des pièces. C'était comme visiter une vieille maison transformée en musée.

Après avoir fouillé l'étage comme des insectes en quête de nourriture, les quatre amis se rassemblèrent dans la chambre principale à l'extrémité du corridor.

— Quelqu'un a-t-il trouvé quelque chose d'intéressant? demanda Jacob.

Les trois autres secouèrent la tête.

— Moi non plus.

— Si je comprends bien, personne n'est tombé sur un fantôme, hein? dit Hannah avec un sourire narquois. Ou plutôt tombé *à travers* un fantôme, devrais-je dire.

— Non, Hannah, on n'a pas vu de fantômes.

Mais on n'a pas vu d'animaux non plus, pensa Jacob.

— Hé, regardez ça, dit Ichiro.

Il traversa la pièce et prit un cadre tarabiscoté sur une table de chevet.

— Qu'est-ce que c'est? demanda Hannah.

— Un cadre vide.

Il était petit et carré.

— Qu'est-ce qu'il a de spécial?

— Il y en avait un autre sur la table du vestibule au rez-de-chaussée, et il était vide, lui aussi. La photo avait été arrachée et cachée. On l'a retrouvée dans un tiroir dans la salle à manger. Elle avait été prise le jour du mariage de James et de Tresa.

— Ce cadre a peut-être toujours été vide, suggéra Hannah.

— Peut-être, dit Ichiro. Mais j'en doute. Qui garderait un cadre vide à côté de son lit?

— À bien y penser, je n'ai pas vu une seule photo dans cette maison.

— Ils étaient peut-être trop occupés à encadrer des mots et des phrases, dit Hannah qui indiqua d'un geste un cadre accroché au mur au-dessus d'une grosse armoire de bois.

Rien au monde ne se compare à l'amour
d'une mère pour son enfant.

— Il y en a dans toute la maison, dit Ichiro. Ils me donnent froid dans le dos.

Hannah ouvrit les grandes portes de l'armoire. Elles s'écartèrent lentement en grinçant.

— Le gros lot! s'exclama-t-elle.

À l'intérieur, il y avait une douzaine de toilettes féminines suspendues à des cintres métalliques. Hannah en sortit une du placard. C'était une longue robe noire en tissu lustré; elle semblait avoir été confectionnée avec un tissu soyeux qui scintillait dans la lumière poussiéreuse de la chambre.

Hannah la tint à hauteur de ses épaules. Le bas de la robe touchait le sol.

— Qu'elle est belle! Dommage que ce ne soit pas à

ma taille.

— Ouais, tu aurais pu la porter avec ton nouveau collier, dit Hayden.

— Le collier, je peux le dissimuler. Mais jamais je ne pourrais cacher la robe à papa.

— Je n'aurais jamais deviné que la robe te plairait, fit remarquer Jacob.

— Ce n'est pas parce que je n'ai rien de semblable que je ne l'aime pas.

Hannah sortit d'autres toilettes de l'armoire; chacune venait d'une époque révolue et avait manifestement coûté très cher. C'était le genre de robe que les femmes portaient aux bals et aux galas. Les tiroirs du bas contenaient aussi des chapeaux, des chaussures et des sacs à main assortis. Après avoir tout sorti, Hannah examina le dernier vêtement.

— Celle-là ne va pas avec le reste, dit-elle d'une voix chantante.

C'était une longue robe blanche couverte d'un tablier, blanc lui aussi. Un petit chapeau blanc tomba de l'ensemble et atterrit aux pieds d'Hannah. La seule tache de couleur était la croix rouge sur un bandeau cousu sur la manche gauche.

— C'est un ancien uniforme d'infirmière, dit-elle.

Elle le jeta sur le lit et retourna à l'armoire.

— Je préfère les robes élégantes, ajouta-t-elle.

Jacob regarda un instant l'uniforme, puis se dirigea vers lui. Il se sentait attiré par ce vêtement, presque autant qu'il se sentait attiré par l'île. Il passa la main sur le bandeau; les fils minces éraflèrent doucement le bout de ses doigts comme ceux d'une balle de baseball. Quand ses doigts glissèrent sur la croix, il vit en un éclair l'aile d'un cardinal suivie d'une casquette rouge, puis la croix redevint une croix. Jacob frissonna et retira vivement sa main.

— Qu'est-ce qui se passe? demanda Ichiro, soudain à ses côtés.

Jacob n'avait ni vu ni entendu son ami approcher. Il secoua la tête.

— Rien. D'après toi, James et Tresa travaillaient ensemble?

— Peut-être, mais qui sait si cet uniforme lui appartenait?

Ichiro termina sa phrase à voix plus basse. Il remarqua quelque chose qui dépassait d'un des oreillers et le prit.

C'était une photo de Tresa, carrée, en noir et blanc. Elle portait l'uniforme d'infirmière. L'image était un peu floue, mais on voyait Tresa debout au milieu de ce qui semblait être une chambre d'hôpital. Une douzaine de lits étaient alignés contre les murs à sa gauche et à sa droite et ils étaient occupés par des enfants d'âges différents.

Ichiro retourna la photo et montra ce qui était écrit au dos. C'était simplement :

Tresa Stockwell
et des patients atteints de tuberculose
1915

— Je présume qu'on sait maintenant que l'uniforme appartenait à Tresa, dit Ichiro.

Il remit la photo à l'endroit et la réexamina.

— Cette image conviendrait au cadre carré sur la table de chevet, mais ça ne nous dit pas pourquoi quelqu'un l'a cachée.

Jacob regarda tour à tour l'uniforme, les robes sur le lit et l'armoire désormais vide. Il remarqua quelque chose d'étrange. C'était facile de le rater, mais il y avait un petit panneau de bois au bas, à l'arrière et il semblait légèrement incongru. Après l'avoir examiné de plus près, Jacob comprit ce qui avait attiré son regard. Le grain du bois de la garde-robe était vertical alors que celui du panneau était horizontal. Il le frappa et le bois sonna creux.

— Quand on parle de choses cachées...

Il donna un coup au panneau et le petit carré se détacha.

— Génial! s'exclamèrent les jumeaux à l'unisson.

Jacob mit sa main dans le petit compartiment secret et en sortit une poignée de papiers déchirés.

— Oh! qu'est-ce que c'est? demanda Ichiro, oubliant la photo de Tresa.

Jacob étala les papiers sur le lit et les regarda de plus près.

— C'est une enveloppe, dit-il en prenant un morceau du coin dont il sortit un morceau encore plus petit. Et il y a une lettre déchirée à l'intérieur.

Il prit un morceau de la feuille de papier déchiquetée et lut les mots qui y étaient écrits.

12 août 1915
Chère Albruna,

Ichiro regarda par-dessus l'épaule de son ami.

— C'est qui, Albruna?

Jacob haussa les épaules et mit le tout dans sa poche.

— Je ne sais pas, mais la lettre a été écrite l'année où la photo a été prise. On pourra rassembler les morceaux comme pour un casse-tête et les recoller quand on sera chez nous, dit-il. Ensuite, on essaiera de voir ce qu'elle raconte.

Les jumeaux acceptèrent, puis ils reportèrent leur attention aux vêtements qu'ils avaient sortis de l'armoire. Ichiro continua d'étudier la photo et Jacob fut de nouveau attiré vers le tablier de l'infirmière.

Il le prit et, sans réfléchir, il mit la main dans la poche. Il toucha quelque chose d'humide et de visqueux.

Il sortit vite sa main de la poche et la leva devant son visage. Il écarquilla les yeux et son souffle se coinça dans sa gorge.

Il avait la main couverte de sang.

D'épaisses coulées de sang ruisselaient sur ses doigts et se rassemblaient dans sa paume. Il s'en dégageait une odeur nauséabonde de cuivre mouillé et de mort. Dégoûté, paralysé, Jacob sentit les poils se hérisser sur sa peau.

— Qu'est-ce qui se passe, Jake?

C'était Ichiro, mais sa voix semblait venir de très loin.

Jacob ne trouva rien à répondre. Il regarda de nouveau sa main, mais...

Elle était propre.

Il n'y avait aucune trace de sang, frais ou séché, sur sa paume.

— Je t'ai demandé ce qui se passe, insista Ichiro, l'air tendu.

— Rien, répondit Jacob.

Il rit, espérant ne pas paraître trop nerveux.

— C'est juste que...

La bouche sèche, il essaya de déglutir.

— Je ne me sens pas très bien. Je pense que j'ai besoin

d'air frais.

— Tu veux que je t'accompagne?

— Non, non, ça va. Reste avec Hannah et Hayden et viens me rejoindre quand ils auront fini de faire... ce qu'ils font.

Ils essayaient des chapeaux et des chaussures qu'ils avaient pris dans l'armoire et se pavanaient dans la chambre comme s'ils participaient à un défilé de mode, s'arrêtant pour rire de leurs accoutrements.

— Tu es sûr? demanda Ichiro.

Jacob acquiesça d'un signe de tête et sortit de la pièce sans laisser à Ichiro le temps de répondre.

À son zénith dans le ciel, le soleil pesait sur le monde avec toute la force de sa chaleur oppressante. Il n'y avait que très peu d'ombre dans la clairière, et Jacob ne voulait pas rester sur le perron couvert à l'avant de la maison. Il fit donc quelques pas dans les bois et se laissa tomber lourdement contre un gros érable. Il regarda fixement sa main propre.

Il n'arrivait pas à comprendre. Il était certain de l'avoir vue couverte de sang. De plus, il avait senti le sang avant même d'avoir sorti sa main de la poche. Le voir était déjà bien assez traumatisant, mais comment pouvait-il expliquer qu'il l'ait *senti*?

Il secoua la tête et ferma les yeux. L'image du tablier apparut dans sa tête. Il prit conscience que la poche aurait été contre l'abdomen de Tresa. Il revit Blake qui passait un doigt devant son ventre.

« *Elle a été éventrée* », avait-il dit. Le Dr Stockwell avait éventré sa femme quand il l'avait tuée. C'était plausible, d'une façon tordue, bizarre, qu'en mettant sa main dans la poche, Jacob l'ait ressortie, couverte de sang.

Mais si ça, c'est plausible, plus rien au monde ne l'est désormais, songea-t-il.

Quand il rouvrit les yeux, il aperçut dans un éclair une autre tache de sang qui disparut aussitôt.

L'espace d'une horrible seconde, il eut peur que le sang soit encore sur sa main, mais il comprit alors que ça s'était passé plus loin, dans la forêt, hors d'atteinte et maintenant hors de vue.

Il se releva. Lentement, surveillant ses pas, contournant les arbres, il se rapprocha de l'endroit où il avait vu le sang. Le sang s'était déplacé de droite à gauche avant de disparaître derrière un pin. Il avait peut-être vu un animal blessé, un cerf, qui bougeait dans la forêt.

Et que vais-je faire si c'est un cerf agonisant? se demanda-t-il. *Mettre fin à ses souffrances ou demander à Hannah de le faire pour moi?*

Tout en avançant lentement, il se mit à croire, à

espérer, qu'il n'avait rien vu en réalité. Il était fatigué et stressé. Il avait les nerfs aussi tendus que la ligne d'une canne à pêche autour d'un moulinet. En réalité, il avait très probablement imaginé le sang sur sa main et dans les bois.

Il s'arrêta net en voyant le même mouvement furtif.

C'était rouge, mais ce n'était pas du sang. C'est un chapeau. Une casquette rouge.

Colton.

Les yeux écarquillés, le garçon regardait Jacob d'un air suppliant.

— Jacob? dit-il d'une voix rauque.

On aurait dit qu'il n'avait pas parlé depuis des années.

Jacob ne savait que répondre. Même s'il avait pu penser à quelque chose à dire, son cerveau ne semblait plus lié au reste de son corps. Il était incapable de bouger, de parler, et même de respirer.

Colton fit un pas vers lui. Il marchait sur des aiguilles de pin et des feuilles sèches sans faire de bruit. Il tendit la main.

— Aide-moi, Jacob. Je t'en prie.

Le dernier mot était une sorte de gargouillis.

— Colton? beugla une voix masculine venue du porche de la maison. Qu'est-ce que tu fais là? Rentre. Tout de suite!

Incrédule, Jacob se retourna. C'était le Dr Stockwell, vêtu d'un costume démodé et d'un tablier ensanglanté.

— Je dois y aller, chuchota Colton sur un ton angoissé. Si je reste ici plus longtemps, je serai puni. S'il te plaît, aide-moi, Jacob.

Le garçon fit volte-face et s'enfuit hors de la forêt. Tandis qu'il le regardait traverser la clairière, Jacob éprouva un choc en réalisant que Colton n'avait pas vieilli d'un jour depuis sa disparition quatre ans auparavant. Il avait toujours dix ans, même s'il n'était plus l'enfant heureux et en santé qu'il était la dernière fois que Jacob l'avait vu.

Colton contourna en courant le gros corps du Dr Stockwell et disparut à l'intérieur de la maison. Le docteur le regarda passer puis tourna les yeux vers Jacob.

— Si tu reviens ici, dit-il d'une voix grave qui se répercuta dans la clairière, tu connaîtras le même sort que ce garçon.

Il rentra par la porte ouverte et fut avalé par l'obscurité de sa maison.

Soudain libéré de la folie qui l'avait paralysé, Jacob tomba à genoux et pleura.

Un instant plus tard, Ichiro sortit, suivi des jumeaux. Ils aperçurent Jacob agenouillé par terre dans la forêt et se précipitèrent vers lui. Ichiro s'accroupit à ses côtés.

— Jake? Ça va?

— Non.

— On a entendu des voix, dit Hannah. Tu parlais à quelqu'un?

— Ce n'étaient pas des glapissements d'écureuils, hein? répondit Jacob en hochant la tête.

— Non.

— Maintenant, vous me croirez peut-être quand j'affirme que cette maison est hantée. Mais vous ne croirez peut-être pas ce qui suit. Moi-même, je ne suis pas sûr d'y croire.

Il regarda ses amis et inspira profondément; il savait que ce qu'il était sur le point de raconter allait paraître insensé. Mais ça lui était égal. Il savait ce qu'il avait vu, même s'il avait eu peine à en croire ses propres yeux.

— C'était le fantôme de Colton. Ce n'est pas le Kalapik qui l'a pris. C'est le Dr Stockwell.

DIX

Le 10 août

Partout où il regardait, dans chaque allée, autour de chaque intersection, Jacob voyait le Dr Stockwell. Quand il entrait dans l'épicerie Connor avec sa mère, il pensait que le caissier portait un tablier chirurgical ensanglanté. Quand il passait à côté d'un commis, il pensait qu'il rangeait des couteaux et des scies et non des boîtes de conserve et des bouteilles. Même l'allée des céréales était dangereuse : la moustache blanche du Capitaine Crunch devenait noire pendant un instant et, du coin de l'œil, Jacob la voyait s'allonger.

Crac, crac.

La voix du Dr Stockwell chuchotait dans sa tête, suivie par les sons macabres d'un corps écorché vif, débité en morceaux, mis dans un sac lesté de pierres et jeté dans le lac Sepequoi.

Il avait eu beau détester les rêves qu'il avait faits plus tôt cet été-là, les yeux noirs, la peau verte et les griffes du Kalapik lui semblaient maintenant préférables aux images et aux bruits du Dr Stockwell qui remplissaient son esprit. Jacob savait trop bien que les horreurs de la vraie vie étaient bien plus terrifiantes qu'un Bonhomme

Sept Heures inventé de toutes pièces.

Jacob eut un rire amer. Le fantôme d'un assassin faisait désormais partie de sa vraie vie, tout comme Colton, bien qu'absent de la vie de Jacob depuis sa disparition quatre ans auparavant.

Le fait de voir Colton dans les bois, coiffé de sa casquette rouge et implorant son aide, avait soulevé plus de questions que jamais. Les réponses commençaient à prendre forme dans son esprit et il avait hâte de retrouver Ichiro et les jumeaux pour en discuter avec eux.

— Tu vas bien, Jake? lui demanda sa mère en déposant quelques boîtes de soupe dans leur chariot.

— Quoi?

Jacob émergea de ses pensées.

— Oh! Oui, je vais bien.

— Tu n'en as pas l'air. As-tu assez dormi?

— Je ne sais pas. Je pense que oui.

— Il y a un instant, tu as ri même si je n'avais rien dit. Et je te trouve vraiment nerveux depuis une semaine ou deux.

Elle cessa de pousser le chariot et lui étreignit l'épaule.

— Si quelque chose te trouble, tu peux me le dire.

— Je vais bien.

Sa mère fronça les sourcils et le regarda d'un air sceptique, mais un petit sourire retroussa les commissures de ses lèvres.

— Je vais bien! Vraiment! insista-t-il en riant devant l'air bébête de sa mère. J'ai vécu un été formidable et je suppose que je ne veux pas qu'il finisse.

Ce n'était pas entièrement la vérité, mais ce n'était pas un mensonge non plus.

— Il te reste encore quelques semaines pour avoir un peu de bon temps. Tu n'as pas besoin d'être mélancolique tout de suite. Garde la tristesse pour la dernière semaine d'août, d'accord?

— Bonne idée, maman.

Il sourit.

— Tu as déjà l'air d'aller un peu mieux.

— Je me *sens* un peu mieux.

— Bien. J'ai l'intention de mériter le titre de maman de l'année, alors dis-moi quelque chose de positif.

— Qu'est-ce que tu veux dire?

— J'aime les choses positives, surtout quand elles te concernent. Alors, dis-moi quelque chose de bon. Comment va ton équipe de baseball?

— Pas mal. On a perdu trois parties pendant la suspension d'Hannah, mais on est toujours en deuxième place.

— C'est bien... Tu t'entends plutôt bien avec Hannah, reprit-elle après un instant de silence. Êtes-vous... hum...

— Non, répliqua Jacob en essayant de ne pas crier. Absolument pas, maman. Beurk.

Il regarda le long de l'allée. Ils étaient seuls, heureusement. Il espéra que personne n'avait entendu cette partie de la conversation.

Sa mère rougit et haussa les épaules.

— C'est juste que...

— Hannah est une amie, rien de plus. Je la connais depuis presque toujours. Elle n'est qu'une amie, répéta-t-il.

— Très bien, ça va. Excuse-moi de t'avoir posé la question.

Elle poussa le chariot vers le rayon des aliments surgelés

— Tu sais, je l'ai aperçue avec Hayden et leur père à l'épicerie peu de temps après sa suspension, reprit-elle. Ils ne m'ont pas vue.

Jacob ralentit le pas. Il ne posa pas de questions, mais il se demandait ce que sa mère avait en tête avec ce changement de conversation.

— Leur père était...

Elle hésita et passa la langue sur ses lèvres comme si elles étaient tout à coup devenues sèches.

— Il n'était pas content.

— Hannah a pris la défense d'Hayden, s'écria-t-il, plaidant pour elle comme si le père des jumeaux venait de surgir à côté d'eux et qu'il lui parlait directement. Sébastien fonçait vers Hayden. Si Hannah ne l'avait pas arrêté, il aurait pu lui faire vraiment mal.

— Il n'était pas fâché contre elle. Il était fâché contre Hayden.

— Hein? Pourquoi?

— Parce qu'il ne s'était pas battu avec ce garçon. Parce qu'il a « eu besoin » de sa sœur pour le protéger, ajouta-t-elle en secouant la tête.

Jacob resta silencieux. Il n'aurait pas dû être étonné. Évidemment, la suspension d'Hannah ne dérangeait pas le père des jumeaux. Ce qui le dérangeait, c'était qu'Hayden n'ait pas affronté Sébastien.

— C'est injuste.

Les mots lui avaient échappé avant même qu'il ne comprenne ce qu'il venait de penser.

— Qu'est-ce qui est injuste?

Il essaya de trouver une réponse, mais rien ne lui vint à l'esprit.

— Parfois, je voudrais que mon père ne soit pas parti, tandis que les jumeaux, eux, aimeraient que le leur s'en aille.

Sa mère soupira.

— C'est une question horrible, Jake, et je préférerais ne pas la poser, mais... est-ce qu'il les frappe?

—Je ne crois pas, répondit doucement Jacob. Pas

physiquement. Juste verbalement, tu comprends?

— Je comprends, dit sa mère avec compassion. Tu as raison, c'est injuste. On ne choisit pas sa famille. Mais on choisit ses amis. Alors, sois là pour eux, écoute-les et dis-le-moi si la situation se détériore. D'accord?

— D'accord.

Ils passèrent les pizzas, les gaufres et les petits pois surgelés.

— Eh bien, c'était un échec total, dit sa mère en regardant les vitres givrées des portes du congélateur.

— Quoi?

— Je t'avais demandé de me dire quelque chose de positif... ce n'est pas exactement ce que j'avais en tête.

— Sans blague! s'esclaffa Jacob.

Elle haussa les épaules et lui lança un petit sourire.

— Qu'est-ce que je peux dire? Il m'arrive d'oublier à quel point c'est difficile d'être un adolescent. Et si *moi* je te disais quelque chose de positif?

— Vas-y.

— Bon, Bernadette, tu sais, la serveuse de jour au Plat chaud? Plus vieille que le diable, celle qui bouge comme de la mélasse? Elle a finalement décidé de prendre sa retraite à la fin du mois. Devine qui va avoir son quart de travail!... Moi! hurla-t-elle sans attendre la réaction de Jacob.

— Félicitations, maman, dit Jacob en lui faisant un

câlin.

— Merci, mon chéri. En plus de l'augmentation de salaire, je vais travailler du lundi au vendredi, de six heures et demie à deux heures et demie. Je vais peut-être devoir faire des heures supplémentaires à l'occasion pour remplacer d'autres serveuses, mais en général je n'aurai plus à travailler le soir et la fin de semaine. On pourra enfin faire toutes les activités sympas qu'on a envie de faire depuis des années!

— Quelles activités sympas?

— Je n'en ai aucune idée! Mais on va y penser.

Elle se mit à rire et lança distraitement un sachet de mangues surgelées dans le chariot même si ni l'un ni l'autre n'aimait les mangues, surgelées ou non.

Jacob remit les mangues dans le congélateur et sourit.

— Tu me fais peur, maman. Mais c'est formidable de te voir aussi heureuse.

— Oui, oui, mais je veux que tu sois aussi heureux que moi et que tu profites du reste de l'été. Contente-toi de te pointer à la maison de temps à autre et préviens-moi si tu penses rentrer tard. D'accord?

— Merci, maman.

— Et fais-moi une faveur, ne t'attire pas d'ennuis. Et si tu t'en attires, ne te fais pas prendre.

— Marché conclu.

— Bon, n'en parlons plus. Allons payer et sortons d'ici. Ce soir, je vais préparer ton mets préféré : des spaghettis aux boulettes de viande. Tu as besoin de forces pour cette partie de baseball. Cela me rappelle que je dois acheter des spaghettis... et des boulettes.

———

L'odeur des hot-dogs grillés et du maïs soufflé s'échappait du camion-restaurant garé près des gradins du terrain de baseball. Quelques jeunes enfants regardaient la partie avec leurs parents et encourageaient leurs aînés tandis que d'autres se poursuivaient, sautaient, riaient et cueillaient des pissenlits dans le parc à proximité.

Bas dans le ciel, le soleil drapait l'horizon d'une couverture orangée. Des insectes bourdonnaient, stridulaient et grouillaient autour du terrain.

Lentement, silencieusement, le deuxième joueur s'approcha du but.

Même s'il avait pris une grande avance vers le but et que le joueur du deuxième but était derrière lui, Jacob savait qu'il était là. La partie aiguisait ses sens, les rendait alertes. Il respirait l'odeur des hot-dogs, entendait les insectes bourdonner et voyait la tension sur le visage d'Hannah et de ses coéquipiers assis sur le banc. Dans les gradins, Hayden applaudissait et sifflait. Debout au marbre, Ichiro resserra son étreinte sur le bâton et répéta son mouvement. L'électricité et l'énervement faisaient presque crépiter et pulser le monde. C'était la fin de la neuvième manche. Ils avaient un point de moins que l'autre équipe, et un retrait. Jacob s'éloigna de quelques pas du deuxième but, les yeux fixés sur le troisième.

Une sensation de pression dans sa tête fit soudain voler sa concentration en éclats. Il grogna et, en courant, retourna un peu à l'aveuglette vers le deuxième but, juste pour être sauf. Au moment où il arrivait au but, il entendit une femme chanter en allemand. Non pas près de ses oreilles, mais directement *dans* ses oreilles.

Guten Abend, gute Nacht,
mit Rosen bedacht,
mit Näglein besteckt,
schlupf' unter die Deck!

La voix s'estompa au dernier vers et les bruits de la partie revinrent lentement tandis que la pression dans la tête de Jacob se dissipait. Il regarda autour de lui. Tout était un peu flou. Il se frotta les yeux, puis il aperçut Ichiro. Il semblait avoir demandé un arrêt du jeu et il sortit de la cage du frappeur. Jacob se dit que ça tombait bien. Il regarda vers le banc pour voir si quelqu'un avait remarqué ce qui venait de lui arriver, mais l'attention de tous ses coéquipiers était concentrée sur Ichiro. Tous, sauf Hannah. Elle était penchée, la tête entre ses genoux, comme si elle avait mal au cœur. Dans les gradins, Hayden avait l'air sur le point de vomir.

— Ça va, Ichiro? demanda leur entraîneur depuis le banc.

— Ouais, j'ai juste... ouais.

Ichiro secoua la tête, fit tomber un peu de terre de sous ses crampons et retourna à sa position.

Que diable se passe-t-il? se demanda Jacob.

Tu sais ce qui se passe, lui répondit son propre esprit. *C'était Tresa. Elle chantait la Berceuse de Brahms en allemand. Ichiro, Hannah et Hayden l'ont entendue, eux aussi.*

Jacob frappa dans ses mains — tant pour libérer son esprit que pour encourager Ichiro — et avança beaucoup moins que la dernière fois.

Sur le monticule, le lanceur se tourna vers le marbre, laissa tomber ses mains et se raidit. L'espace d'une microseconde de panique, Jacob crut qu'il allait lancer une balle courbe et essayer de le retirer. Sur le point de retourner au deuxième but, il s'arrêta quand le lanceur prit son élan et lança une balle rapide cinglante en direction du marbre.

Ichiro frappa dur et vite. La balle toucha le bâton à l'endroit idéal et s'envola, haut et loin, au milieu du champ centre.

Jacob bondit vers le but et regarda. Et attendit.

Autour du terrain, le monde devint silencieux. Ce n'était pas un silence de mort, mais un silence de vie. Un silence rempli de vrombissements tendus, d'anxiété et d'espoir. Un silence prêt à exploser, peu importe ce qui se passerait par la suite.

Le cou tourné pour suivre la trajectoire de la balle par-dessus son épaule, la joueuse au centre agita les bras et piqua vers la clôture. Elle atteignit l'extrémité du terrain en même temps que la balle. Elle sauta en l'air, donna un coup de pied à la clôture, pivota et leva sa main gantée au-dessus de sa tête.

Elle attrapa la balle.

C'était un miracle.

Deuxième retrait.

Les spectateurs hurlèrent.

Sans hésiter, Jacob quitta le deuxième but et, tête baissée, il fonça vers le troisième. Un mot se répétait silencieusement dans sa tête : *Cours! Cours! Cours!*

L'entraîneur qui était derrière le troisième but lui fit signe de continuer. Jacob contourna le but. À présent, il n'entendait plus que les battements de son cœur, sa respiration sifflante et le craquement de ses chaussures.

À mi-chemin vers le marbre, il jeta un bref regard vers sa gauche. Le joueur au deuxième but avait attrapé la balle lancée par la joueuse au centre. Il se retourna et la lança par-dessus la tête du lanceur.

Jacob courait, les yeux rivés sur le marbre, quand…

Guten Abend, gute Nacht,
von Englein bewacht,
die zeigen im Traum
dir Christkindleins Baum.
Schlaf nun selig und süß,
schau im Traum's Paradies.

Il trébucha et ralentit. Il glissa.

Le receveur attrapa la balle. Il toucha le pied de Jacob.

L'arbitre leva le poing dans les airs et hurla :

— Retiré!

Retiré, Jacob était retiré. Les Tigres avaient perdu la partie.

Les spectateurs se remirent à crier. Certains poussaient des acclamations, d'autres des grognements, mais personne n'était silencieux. Ils étaient tous debout.

Tous, sauf Jacob. Il resta un instant allongé sur le terrain avant de se relever.

Il comprit que Tresa essayait de lui envoyer un message. Peut-être aussi à ses amis. Mais il ne savait pas très bien ce qu'était ce message.

ONZE

Le 11 août

La climatisation de la bibliothèque fonctionnait à plein régime pour garder une certaine fraîcheur dans l'édifice; le dos du tee-shirt de Jacob était pourtant encore humide après le trajet en vélo. Les quatre amis s'étaient envoyé une série de messages textes la veille, en fin de soirée, après la partie de baseball, et s'étaient entendus pour se retrouver le matin dès l'ouverture de la bibliothèque. Selon Jacob, c'était un lieu sûr, central, loin des regards indiscrets des adultes.

Assis autour de la petite table dans la salle consacrée à l'histoire locale, ils retirèrent les morceaux de papier de l'enveloppe déchirée que Jacob avait trouvée dans la garde-robe de Tresa et les rassemblèrent comme pour un casse-tête.

Jacob s'exhortait à penser. *Ne pense pas au tablier ensanglanté de l'infirmière.*

— Comme ça, vous avez tous entendu les voix de Colton et du Dr Stockwell quand j'étais dehors? demanda Jacob.

Il craignait leurs réponses, mais il devait quand même poser la question. S'ils avaient aussi entendu les fantômes, ceux-ci étaient réels, absolument réels.

Après s'être consultés du regard, Ichiro, Hannah et Hayden se tournèrent vers Jacob et firent signe que oui.

Jacob soupira.

— C'est bien ce que je pensais. La deuxième fois qu'Ichiro et moi sommes entrés dans cette maison, nous avons entendu le bruit de pieds qui couraient et des rires. C'était probablement Colton qui nous suivait. Il rassemblait peut-être son courage pour me parler.

— Je me demande pourquoi il s'est montré seulement à toi, pas à nous, dit Hayden.

— Tu en parles comme si c'était positif, répondit Jacob. Crois-moi, ce ne l'était pas. Vous devriez vous estimer chanceux au lieu de vous plaindre.

— Je ne me plains pas. C'est juste bizarre.

— Et qu'est-ce qui n'est pas bizarre sur cette île? intervint Hannah. Maintenant, je crois vraiment aux fantômes. C'est chaotique.

— À ton avis, pourquoi avons-nous tous entendu la berceuse hier pendant la partie? demanda Hayden.

— Je crois... Je crois que Tresa a besoin d'aide, dit Jacob. Je crois qu'elle a des ennuis, même si elle est... hum... morte.

Il reporta son attention sur la lettre tout en rapprochant les deux derniers fragments.

Ils examinèrent leur travail pour s'assurer qu'il n'y

avait pas d'erreur flagrante. Étant donné l'écriture cursive, il s'agissait plutôt d'hypothèses. Mais les angles des morceaux semblaient tous s'emboîter et l'écriture suivait. Jacob déchira donc de petits bouts de ruban adhésif d'un rouleau qu'il avait apporté de chez lui et les tendit, un après l'autre, à Ichiro qui les colla sur la lettre.

— Bien, et maintenant? demanda Hannah.

Ichiro se leva et, avec précaution, il prit la lettre, comme s'il était un archéologue manipulant un précieux artéfact.

— Maintenant, on la lit. Roulement de tambour, je vous prie, dit-il.

Les jumeaux se mirent à tambouriner sur le bord du bureau, mais Jacob les calma aussitôt en mettant un doigt sur ses lèvres.

— Rappelez-vous, on essaie de ne pas attirer l'attention.

— On a eu l'impression qu'un professionnel nous faisait taire, dit Ichiro. Je pense que tu viens de trouver ta vocation : bibliothécaire.

— Ha, ha! Très drôle.

— Non, je parle sérieusement. Rio et toi pourriez vous remplacer pour apostropher les ados et embêter les vieux.

— C'est qui, Rio? demanda Hayden.

— Un des bibliothécaires qui travaillent ici, répondit Ichiro.

— Drôle de nom.

— Pas si drôle que ça, protesta Jacob. En tout cas, c'est un chic type.

— Tu vois? s'esclaffa Ichiro. Vous êtes destinés à travailler ensemble tous les deux! Tu pourrais être Robin et lui Batman. Chewie et Han. Patrick et Bob l'éponge. Je continue si personne ne m'arrête.

Jacob leva ses mains dans les airs et éclata de rire.

— Très bien, très bien. Ça suffit comme ça. Lis la lettre maintenant, tu veux?

— À vos ordres, mon capitaine.

Le 12 août 1915

Chère Albruna,

Je t'écris en espérant que notre mère bien-aimée se porte bien et que la tâche de veiller sur elle dans sa vieillesse n'est pas trop lourde pour toi. Il ne se passe pas un jour sans que toi, elle et notre père, que Dieu ait son âme, ne me manquiez.

J'aimerais te dire que tout va bien ici au Canada, mais je n'ai pas l'habitude de mentir. C'est vrai que mon mari et moi ne manquons de rien. Nous mangeons bien et sommes bien vêtus, et c'est un bienfait, particulièrement en ces temps difficiles alors que tant de gens sont malades et meurent. Notre maison, la Fin de l'été, est assez spacieuse pour accueillir deux ou trois familles, mais c'est justement ce qui cause précisément le problème.

Oh! Ma chère sœur, je crains de devoir te révéler la tragédie qui m'accable, même si je voudrais la chasser de mon esprit. C'est un malheur envoyé par Dieu, et bien que j'essaie de ne pas remettre en question Sa volonté, j'ignore pourquoi Il m'a distinguée d'une manière aussi cruelle. Tu sais combien je veux désespérément avoir mes propres enfants à élever et à aimer, pour toujours et à jamais. C'est pourtant avec une immense tristesse que je t'écris que je suis stérile et que je ne peux avoir d'enfant. Aider ici, chez nous, les enfants démunis qui sont atteints de tuberculose s'est révélé valorisant, mais c'est aussi une arme à double tranchant. Au fond de mon cœur, je sais qu'il n'est pas sage de m'attacher à ce point à mes patients, car quand ils seront rétablis, ils me quitteront et je serai de nouveau seule et sans enfant.

Ce n'est pas par hasard que je dis que je suis seule. Mon mari se consacre totalement à son travail et il ne s'occupe pratiquement pas de moi. Le pire, c'est qu'il semble me tenir pour personnellement responsable des défauts de mon corps et il reporte sa rage sur les enfants qu'il traite. Par le passé, jamais il n'avait élevé la voix, et maintenant il crie sporadiquement des injures à toutes les personnes autour de lui, et il s'est mis à boire.

J'ai peur, ma sœur chérie. J'ignore ce dont il est capable.
Il est irrationnel et il est en train de s'effondrer. Je sais
bien que, pour un médecin, il est important de garder
ses instruments chirurgicaux propres et en bon état pour
empêcher que les infections et les maladies ne se propagent,
et pourtant il passe tous ses temps libres, et une grande
partie de ses soirées, à aiguiser ses couteaux et ses scies. Je
prie Dieu qu'il ne le fasse que pour son travail et non dans
une autre mauvaise intention cachée.

Je suis désolée, tellement désolée, de t'écrire une lettre
aussi triste, et je voudrais avoir des nouvelles plus heureuses
à t'annoncer. Mais si je ne prends pas le temps de t'écrire
maintenant, je crains de n'avoir plus la possibilité de le faire.

S'il te plaît, embrasse notre chère mère pour moi quand
tu liras ceci, et dis une petite prière en mon nom.

Ta sœur,
Tresa

— Eh bien, je n'ai jamais rien lu d'aussi triste, soupira Ichiro en se rasseyant.

Jacob était entièrement d'accord. Tant d'éléments s'accumulaient pour peindre une image pitoyable. L'appel au secours de Tresa qui n'avait jamais rejoint sa sœur, sa douleur de ne pouvoir mettre d'enfant au monde, son isolement à la Fin de l'été, la peur que lui inspirait son mari de plus en plus dément, son allusion, à peine voilée, au fait qu'il était sur le point de la tuer.

— Vous voyez? dit-il. Elle a besoin d'aide. Elle en avait besoin à l'époque, ajouta-t-il en indiquant la lettre, et elle en a encore besoin maintenant. Je ne sais pas comment elle l'a fait, mais je suis presque sûr qu'elle se sert de cette chanson pour nous attirer sur l'île.

Il fronça les sourcils.

— Tu as ton air de gars qui réfléchit, remarqua Ichiro.

— Elle a dit qu'elle aidait les enfants démunis « ici, chez nous ». Je suppose qu'elle voulait dire « ici, au Canada », vu qu'elle envoyait sa lettre en Allemagne.

Il secoua la tête.

— C'est probablement sans importance.

— D'après toi, pourquoi a-t-elle déchiré la lettre? demanda Hannah.

— Elle avait peut-être peur que son mari ne la trouve. Ou bien, c'est lui qui l'a déchirée, pas elle.

— Ouais, c'est plausible, acquiesça Ichiro. S'il l'a trouvée et l'a lue, il a dû être furieux. C'est peut-être ça qui l'a fait sortir de ses gonds. Et dans ce cas...

Jacob saisit l'idée laissée en suspens par Ichiro.

— Dans ce cas, le meurtre et le suicide ont eu lieu pendant la seconde moitié de 1915.

Ichiro sortit la photo de Tresa de sa poche et la fit tenir entre deux rangées de lettres sur le clavier.

— L'année où cette photo a été prise. Elle a l'air très

malheureuse, non? Tout se tient.

— Penses-tu ce que je pense?

— Ça vaut le coup...

— Vous deux, vous êtes encore plus des jumeaux que nous, l'interrompit Hannah.

— Merci, répondit Ichiro en riant.

— Ce n'est pas un compliment. C'est étrange.

— De quoi parlez-vous? Qu'est-ce qui vaut le coup? voulut savoir Hayden.

— La dernière fois que nous sommes venus ici, Rio nous a montré comment utiliser le lecteur de microfilms, expliqua Jacob. Comme nous savions en quelle année les Stockwell s'étaient mariés, nous avons pu trouver de l'information sur eux et la Fin de l'été. Nous pensions qu'il y aurait au moins un article l'année de leur mort, surtout si un crime avait été commis, mais nous avons mis un temps fou à passer à travers 1906 et nous ne savions pas où commencer à chercher de l'information sur leurs décès. Mais à présent, ça vaut le coup d'examiner l'année 1915.

Ichiro fit un geste vers le classeur qui contenait les bobines de microfilms de la *Voix de Valeton*.

— Se pourrait-il que Rio ne l'ait pas fermé à clé?

— Il n'y a qu'une façon de le savoir.

Jacob essaya le tiroir du bas. Il s'ouvrit.

— Pas fermé à clé.

Il passa les boîtes en revue et trouva les deux qu'il cherchait : *Juillet à septembre 1915* et *Octobre à décembre 1915*. Il tendit la première à Ichiro, qui l'ouvrit et enroula le film dans le lecteur comme ils l'avaient fait la dernière fois.

— Utilisation non autorisée d'irremplaçable matériel de la bibliothèque, dit-il en secouant la tête. Si jamais Rio le découvre, tu pourras dire adieu à tes chances d'être son petit chouchou.

— Ne m'oblige pas à te faire taire encore une fois.

Ichiro mima un frisson terrifié et ils éclatèrent de rire. Hannah leva les yeux en l'air.

— Comme je l'ai dit, vous êtes deux bizarroïdes, dit-elle.

— Bon, voyons ce qu'on peut trouver.

Ichiro fit défiler les jours, parcourant rapidement le mois de juillet et la première moitié du mois d'août. Au douzième jour, il ralentit, juste au cas où, et leur fébrilité s'intensifia aussitôt.

— C'est vraiment super, s'émerveilla Hayden. J'ai l'impression d'être Sherlock Holmes ou quelque chose comme ça.

— Watson! hurla Ichiro. Jake pourrait être Watson et Rio, Sherlock Holmes.

Jacob jeta un regard inquiet par-dessus son épaule.

— Si tu n'arrêtes pas de crier, je n'aurai plus jamais

le droit d'entrer ici.

— Et on n'a pas besoin de ça maintenant, pas vrai?

Ichiro se retourna vers le lecteur et continua à faire défiler les jours. Le 13 août, le 16 août...

— À titre d'information, dit-il en s'adressant aux jumeaux, c'est comme chercher une aiguille dans une botte de foin. Alors il faudra peut-être attendre longtemps avant de...

— Là! s'écria Hayden en pointant un doigt vers l'écran. Juste là!

— Eh bien, ce fut rapide, dit Ichiro.

— Bonté divine... murmura Jacob, les yeux rivés sur l'écran.

Il était médusé. Les mots bondissaient de l'article, comme au hasard : *bain de sang, tué, poignard, couteaux, carnage, violence...*

BAIN DE SANG
SUR LE LAC SEPEQUOI

Un meurtre et un suicide ont dramatiquement mis fin à une semaine de querelles sur une île du lac Sepequoi transformée en sanatorium privé, quand le Dr James Stockwell, un homme bien nanti, a tué son épouse, Tresa Stockwell. Il lui a tranché l'abdomen avant de plonger le poignard dans son propre cœur.

L'arme du crime, un des couteaux chirurgicaux du médecin, a été retrouvée couverte d'un mélange du sang du couple sur le plancher entre leurs corps dans le corridor principal. Le crime a été perpétré tôt le matin vendredi dernier et, dans une pièce adjacente, les patients souffrant de tuberculose ont entendu la querelle. Le Dr Stockwell avait transformé sa maison en un petit sanatorium destiné au traitement des tuberculeux lorsque l'hôpital de Gravenhurst, où il exerçait son art, était devenu surpeuplé. Par ce geste altruiste, le Dr Stockwell était devenu un héros local aux yeux de nombreuses personnes, mais cette réputation sera désormais ternie pour toujours.

Mme Stockwell assistait son mari à titre d'infirmière, dans leur maison. Le couple était bien considéré pour les efforts déployés dans ce combat contre l'épidémie de tuberculose. Leur traitement en plein air a guéri huit jeunes enfants et, des neuf patients encore sur place la semaine dernière, sept autres étaient sur le point de recevoir leur congé. Trois enfants sont morts dans cette maison : Danny Fielding, six ans, de Gravenhurst, Sharon Kennedy, huit ans, et Jérémie Langdon, douze ans, tous deux de Valeton. Ils ont succombé à leur maladie le mois dernier.

Si l'on en croit la description de Garrett Jones, chef de police de Valeton, la scène du crime était un bain de sang. Jones a admis n'avoir jamais vu de scène de carnage et de violence aussi horrible au cours de ses 32 années dans la police.

L'un des jeunes patients a raconté avoir entendu le Dr Stockwell crier « Tout est de ta faute! » à son épouse pendant la discussion qui a précédé le crime, puis il lui a dit qu'il allait l'arrêter. La dispute a brutalement pris fin à ce moment-là. Les enfants sont restés dans leur chambre jusqu'au moment où on leur a porté secours, lorsqu'un médecin de passage a découvert la tragédie plus tard cet après-midi-là.

Les enfants ont par la suite déclaré que le Dr Stockwell s'était montré irritable au cours des trois dernières semaines ou un peu plus, qu'il marmonnait souvent, et qu'il leur criait après ou qu'il criait après sa femme sans raison apparente.

On croit que la résidence et les biens des Stockwell seront légués à la sœur de Mme Stockwell, Albruna Cannington, et à son mari anglais, William Cannington, qui vivent en Allemagne. Le Dr Stockwell n'a aucun parent vivant.

Les pensées de Jacob tournaient à toute vitesse dans sa tête.

— Euh, Jake? demanda Ichiro. Quel était le nom de famille de Colton?

Assis dans la salle de la bibliothèque consacrée à l'histoire locale avec ses trois meilleurs amis qui le dévisageaient avec angoisse, Jacob eut l'impression d'avoir été écrasé par un rocher.

— Cannington, dit-il. Il s'appelait Colton Cannington.

DOUZE

Le 18 août

Il ne plut qu'une seule fois au cours de la semaine suivante. L'orage dura à peine plus de dix minutes et le sol était presque complètement sec quand les nuages se dissipèrent.

Dès que le soleil revint, Jacob enfourcha sa bicyclette et continua de rouler dans la rue Principale. Il le faisait depuis quelques jours, mais il n'avait pas encore trouvé la personne qu'il cherchait.

Pendant qu'il pédalait dans la ville, il croisa d'innombrables citoyens et touristes qui semblaient tous préoccupés par le temps, même si leurs points de vue s'opposaient. Les citoyens déploraient la mort de leurs fleurs et le fait que leurs pelouses aient pris la couleur et la texture de foin desséché tandis que les touristes se réjouissaient de n'avoir que des ciels bleus et du soleil pendant leurs vacances.

Jacob immobilisa son vélo en face d'une petite échoppe de barbier. Une main au-dessus de ses yeux, il scruta la rue. Quelques passants marchaient sur le trottoir, mais il ne reconnut personne.

— Où êtes-vous, Mme Cannington? murmura-t-il.

Même s'il avait tenté de l'éviter pendant des années et qu'il était terrifié à la perspective de la voir maintenant, il savait qu'il devait le faire. Après que ses amis et lui avaient découvert qu'elle était peut-être liée à Tresa, il avait décidé de lui parler. Sentant sa fébrilité, Ichiro et les jumeaux avaient offert de l'accompagner, mais Jacob avait refusé. Mme Cannington n'allait pas bien et il n'était pas sûr qu'elle accepte de lui parler. Elle se montrerait encore plus réticente si quatre ados surgissaient d'un seul coup autour d'elle. Qui plus est, il avait besoin de lui dire quelque chose — une chose qu'il repoussait depuis quatre ans — et il ne voulait pas que ses amis soient présents quand il le dirait.

— Qu'est-ce que tu lui veux, à cette folle, fiston? lui demanda un vieil homme.

Jacob sursauta. Il ignorait qu'il y avait quelqu'un si près de lui. L'homme qui avait parlé était derrière lui, adossé au cadre de la porte de l'échoppe du barbier.

— Je ne sais pas de quoi vous parlez, répondit-il quand sa respiration revint à la normale.

— Oh! C'est vrai, s'esclaffa le vieil homme. Toutes mes excuses. Je présume que tu cherches cette Mme Cannington qui fréquente cette rue et qui n'est pas folle.

Jacob soupira.

— Comment savez-vous que je la cherche?

— Tu as prononcé son nom, il y a moins d'une minute.

— C'est comme ça que vous passez vos journées? Vous restez là à écouter les inconnus?

Il ne connaissait pas cet homme, mais à première vue, il ne lui faisait pas bonne impression.

— Je suis barbier, fiston, dit l'homme avec un sourire. La moitié de mon travail consiste à écouter les gens.

— S'il vous plaît, arrêtez de m'appeler fiston.

Jacob se rassit sur son vélo, prêt à repartir.

— Attends une seconde. Je pourrais t'aider.

— Et pourquoi? Pourquoi m'aideriez-vous?

— Je t'ai offensé, et je le regrette. Laisse-moi réparer ça.

— Comment? En m'offrant une coupe de cheveux gratuite? Ne vous en faites pas, je n'en ai pas besoin.

— Non, je ne t'offre pas une coupe de cheveux. D'après ce que je vois sous ton casque, je peux dire que tes cheveux sont parfaits comme ils sont.

En voyant l'étincelle dans les yeux du vieil homme, Jacob comprit qu'il était sarcastique. Il allait partir sans écouter ce qu'il avait à dire quand celui-ci reprit la parole.

— Je t'offre de te dire où trouver cette folle de Mme Cannington.

Jacob hésita.

— Vous savez où elle est?

— Eh bien, je ne peux dire que j'en suis sûr à cent

pour cent. Elle pourrait être n'importe où dans le monde, j'imagine. Mais si elle n'est pas dans cette rue, il est fort possible qu'elle soit assise dans le noir, dans sa maison aux volets fermés. Et je peux te dire où ça se trouve.

— Très bien, alors. Où habite-t-elle?

— Je te le dirai. Mais tu dois d'abord me dire quelque chose, toi.

— Qu'est-ce que vous voulez savoir?

— Tu dois me dire pourquoi tu la cherches.

Jacob se mordit doucement les lèvres pour éviter de révéler quelque chose qu'il pourrait regretter.

— Au revoir, dit-il plutôt.

— Attends. Tu dois comprendre que je ne peux pas simplement donner l'adresse de quelqu'un à un inconnu. Ce serait... contraire à l'éthique.

Quelque chose dans le sourire du vieil homme incita Jacob à douter qu'il le pensait vraiment. Il semblait taquiner Jacob, probablement parce qu'il s'ennuyait. Il n'y avait pas un seul client dans son échoppe.

Pourquoi a-t-il fallu que je m'arrête devant sa porte? se demanda Jacob.

— Très bien, dit-il.

Le lui dire mettrait au moins un terme à la conversation, même si ça ne le rapprochait pas de Mme Cannington.

— J'allais à l'école avec son fils.

— Vous étiez amis?

— Pas exactement.

Le barbier hocha la tête et plissa ses lèvres, évaluant le renseignement qu'il avait reçu.

— Bon, je te crois. Elle habite à deux rues d'ici, sur l'avenue Bloomington.

— Quelle maison?

— Du côté sud de la rue, près du tournant. Je ne connais pas le numéro, mais crois-moi, tu reconnaîtras sa maison.

Sans même le remercier, Jacob s'en alla. Il avait hâte de le quitter, mais une pensée lui vint à l'esprit et il s'arrêta.

— Vous savez, comme vous avez parlé d'éthique, vous ne devriez pas la traiter de folle. Ce n'est pas bien. Elle a traversé beaucoup d'épreuves.

Le vieil homme ouvrit la bouche, mais aucun mot n'en sortit. Jacob s'éloigna, révélant ainsi qu'il avait réduit au silence une personne qui accordait vraiment plus de valeur au son de sa propre voix qu'aux sentiments des autres.

———

Le barbier avait peut-être agacé Jacob, mais il n'avait pas menti. Jacob reconnut immédiatement la maison de Mme Cannington.

Jacob n'avait jamais vu auparavant la maison de Colton, mais il avait du mal à imaginer qu'elle avait eu l'air normal un jour.

C'était une maison à deux étages en briques rouges et plâtre blanc. Tous les stores étaient baissés et les vitres avaient désespérément besoin d'un bon nettoyage. La peinture des cadres des portes et des fenêtres était presque complètement écaillée, et le bois avait l'air pourri. Il y avait plus de mauvaises herbes que de gazon sur la pelouse qu'on avait laissé pousser à hauteur de la taille. Étonnamment, une seule rose rouge fleurissait dans un buisson qui semblait mort. Jacob s'arrêta, admirant la détermination de la rose et sa volonté de survivre.

Il attacha son vélo à un lampadaire, inspira profondément et se dirigea vers la porte. Il y avait une pile d'exemplaires de la *Voix de Valeton* détrempés sur la première marche. Les plus récents dataient de trois ans; Jacob se dit que le camelot avait dû décider de cesser de perdre son temps à livrer les journaux à cette adresse.

Après avoir répété une fois de plus ce qu'il dirait si Mme Cannington ouvrait la porte, Jacob sonna et attendit.

Personne ne répondit. Jacob n'entendait aucun bruit à l'intérieur de la maison. Il sonna de nouveau.

Je réessaierai demain, pensa-t-il, quelque peu soulagé. Il tourna le dos...

... et se retrouva face à Mme Cannington.

Elle était sur le trottoir et, le regard affolé, elle serrait un sac d'épicerie en papier contre sa poitrine. Ses fins cheveux noirs flottaient dans la brise et cachaient son visage, mais elle ne se donna pas la peine de les écarter de ses yeux ou de les repousser derrière ses oreilles. Sa robe de chambre violette avait encore pâli depuis la dernière fois où Jacob l'avait vue.

— Qu'est-ce que tu fais ici? s'écria-t-elle. C'est une propriété privée.

Jacob oublia aussitôt tous les mots qu'il avait répétés. Il avait perdu l'usage de la parole.

— Qui es-tu? insista-t-elle, les yeux rivés sur le sol, incapable de le regarder. Dis-le-moi!

Jacob leva les mains, dans l'espoir de faire ainsi un geste calme et rassurant.

— Mme Cannington, je suis...

Elle laissa tomber son sac et recula vivement d'un pas. Jacob entendit du verre se briser. Trois pommes s'échappèrent du sac. Elle le regarda dans les yeux pour la première fois depuis qu'il s'était retourné et l'avait vue.

— Comment connais-tu mon nom? Es-tu un médecin? Si tu avances d'un autre pas, je crie, ajouta-t-elle en levant un doigt osseux en guise d'avertissement.

— Quoi? Non. Je m'appelle Jacob Callaghan. Je suis… je veux dire *j'étais*…

Il soupira et baissa les bras.

— Je connaissais votre fils. Nous étions dans la même classe.

Mme Cannington mit une main sur sa bouche, étouffant un sanglot entre ses doigts.

— J'aimerais vous parler de lui, si vous voulez bien, reprit doucement Jacob. Ça ne prendra que quelques minutes, puis je m'en irai. Puis-je vous aider à ramasser vos provisions?

Elle ne répondit pas. Prenant ce silence pour un « oui », Jacob s'approcha lentement d'elle. Il prit les pommes et les remit dans le sac. Il frémit quand son doigt frôla un morceau de verre cassé. Lorsqu'il retira sa main, il vit quelque chose de rouge et d'humide sur sa peau.

— Tu t'es coupé? demanda Mme Cannington avec compassion, même si elle était manifestement encore inquiète et méfiante.

— Non, répondit Jacob en riant. C'est juste de la sauce tomate, vous voyez?

Il s'essuya la main sur son pantalon et la lui montra pour lui prouver qu'il ne s'était pas blessé.

Elle hocha la tête.

— Je pense que je vous dois un pot de sauce à spaghetti, dit Jacob.

Mme Cannington semblait complètement indifférente à sa nourriture.

— Tu connais Colton? demanda-t-elle.

— Oui.

— Vous êtes amis?

Jacob fit signe que oui. Ce n'était pas la vérité exactement, mais il ne pensait pas qu'elle lui accorderait plus de temps s'il se montrait d'une franchise absolue.

— Tu es sûr que tu n'es pas un médecin?

— J'ai quatorze ans.

Mme Cannington scruta la rue comme si elle craignait d'avoir été suivie, puis elle hocha de nouveau la tête.

— Très bien. Tu peux entrer.

Jacob constata sans surprise que l'intérieur de la maison n'était pas en meilleur état que l'extérieur. En fait, c'était encore pire. Des boîtes étaient empilées formant des tours précaires qui menaçaient de s'écrouler au moindre mouvement. Des déchets et de la vaisselle sale s'entassaient dans l'évier et sur le comptoir de la cuisine. Le pire, c'était l'odeur. L'air humide, épais, dégageait des relents infects d'odeurs corporelles et d'aliments en putréfaction. Si la maison disposait d'un climatiseur, Mme Cannington ne s'était pas donné la peine de l'activer malgré la canicule et elle n'avait ouvert aucune fenêtre, même pas pour laisser entrer un mince filet d'air.

Jacob dégagea un bout du comptoir pour y déposer le sac, puis il ouvrit la porte du réfrigérateur. Toutes les tablettes étaient encombrées de choses mystérieuses qui ressemblaient davantage à des résultats d'expériences scientifiques qu'à des aliments comestibles.

Mme Cannington s'assit à la table et l'observa tandis qu'il tentait d'imaginer où ranger la nourriture. Elle ne lui proposa pas de l'aider. Si elle était gênée de lui laisser voir ses conditions de vie, elle ne le montra pas.

Jacob finit par trouver de l'espace dans le frigo pour les aliments qui devaient rester au frais et décida de laisser le reste dans le sac sur le comptoir. De la sauce tomate rouge suintait du fond du sac et se répandait sur le comptoir. *Dans cette maison, ça n'a pas vraiment d'importance*, pensa-t-il.

— Puis-je m'asseoir? demanda-t-il en indiquant une chaise libre.

Mme Cannington acquiesça d'un signe de tête et le regarda attentivement quand il se joignit à elle.

Après ces débuts houleux, Jacob ne savait pas trop par où commencer. Son regard erra dans la pièce et s'arrêta sur une photographie encadrée couverte de poussière accrochée au mur à sa droite. C'était un portrait agrandi du jeune Colton assis sur les épaules d'un homme, son père, sans doute, se dit Jacob. Mme Cannington se tenait debout à côté d'eux, pratiquement impossible à reconnaître quand on la comparait à la femme assise à la table en face de lui. Sur cette photo d'une époque plus heureuse, Colton et ses parents arboraient des sourires fendus jusqu'aux oreilles. Jacob détourna vivement son regard.

Chaque seconde qui passait était plus longue que le temps que Jacob voulait passer chez Mme Cannington. Il décida de renoncer à toute prudence et d'entrer dans le vif du sujet.

— Je suis venu vous voir parce que je sais ce qui est arrivé à Colton.

Une lueur d'espoir éclaira le visage de Mme Cannington qui se redressa sur sa chaise.

— C'est vrai? Il va bien?

— Non, répondit simplement Jacob.

Mentir n'apporterait rien de bon, et plus il regardait Mme Cannington, plus il commençait à croire qu'elle en savait plus qu'elle ne le laissait paraître.

— Il est mort il y a quatre ans, Mme Cannington. Vous le savez, n'est-ce pas?

Son expression s'assombrit et elle s'affaissa, déçue, défaite.

— Non, je ne le sais pas.

Elle mit une main sur ses yeux, comme si, en bloquant le monde, elle empêcherait ses cruelles réalités d'être vraies, du moins dans son esprit. Elle s'efforça de refouler ses larmes et secoua la tête.

Jacob trouva une boîte de mouchoirs de papier et lui en tendit un. Elle le prit et le porta à son nez.

— Merci, dit-elle, à la grande surprise de Jacob.

Après un moment, elle ajouta :

— Je ne veux pas que ce soit vrai. Je ne crois pas que je pourrais le supporter.

— Vous le supportez déjà. Depuis quatre ans...

Le visage de Mme Cannington était crispé de souffrance. Un long silence plana.

— Qu'est-il arrivé à mon fils? demanda-t-elle enfin.

— Cela va vous sembler...

Il s'interrompit juste avant de prononcer le mot *fou*.

— Invraisemblable, poursuivit-il, mais j'ai vu son...

— Quoi? Qu'est-ce que tu as vu?

Il savait ce qu'il devait dire, mais c'était presque impossible de laisser le mot franchir ses lèvres.

— Son *fantôme*. Je sais que ça paraît bizarre, mais c'est la vérité. J'ai vu son fantôme.

Il regarda Mme Cannington, essayant de deviner ce qu'elle pensait. Son expression pétrifiée ne révélait rien.

— Je le comprendrai si vous préférez que je m'en aille.

Elle leva les yeux. Jacob eut peine à le croire, mais elle semblait un peu soulagée.

— Non, ça va, dit-elle. Ça paraît peut-être également invraisemblable, mais je te crois. J'ai vu des choses, même avant tous ces événements.

Elle agita ses mains, montrant la cuisine, et Jacob eut l'impression de savoir ce qu'elle voulait dire. *Avant la disparition de mon fils. Avant la mort de mon mari. Avant que mon univers ne s'écroule.*

— Raconte-moi ce que tu sais. Où l'as-tu vu?

Ce que Jacob allait révéler était délicat, il le savait. Il observa attentivement Mme Cannington afin d'évaluer sa réaction.

— Je l'ai vu sur une île du lac Sepequoi, à l'extérieur d'une maison appelée la Fin de l'été.

Mme Colton baissa les yeux en tripotant le mouchoir de papier que Jacob lui avait donné.

— Où est-ce?

— Je crois que vous le savez, Mme Cannington, répondit doucement Jacob en s'efforçant de garder un ton neutre.

— Et comment un garçon de quatorze ans peut-il savoir tout ça?

Il comprit qu'elle tentait d'éviter la vérité en changeant le sujet, mais au moins, elle ne lui avait pas demandé de partir.

— J'ai lu un vieil article de la *Voix de Valeton* à la bibliothèque concernant le couple qui habitait là-bas, les Stockwell.

Son expression demeura indéchiffrable.

Jacob ne voyait aucun intérêt à mentionner le meurtre et le suicide.

— Selon cet article, la propriété a été léguée à William et Albruna Cannington.

— Une coïncidence. Il y avait peut-être d'autres Cannington dans la région.

— J'y ai pensé, moi aussi, alors j'ai fait une recherche en ligne. Vous êtes les seuls Cannington de Valeton. En fait, vous êtes les seuls de toute la région de Muskoka. Si vous n'étiez pas de la même famille que William et Albruna, ce serait une incroyable coïncidence, non?

Pendant un instant, Mme Cannington fixa un point sur le mur au-dessus de l'épaule de Jacob, puis elle le regarda avec tant de chagrin, tant de douleur, qu'il en eut pratiquement le cœur brisé. Des années de souffrance se lisaient dans chaque ride de son visage et ses lèvres tremblaient.

— Je leur ai dit que je ne voulais pas de cette maison. Je leur ai dit qu'elle était maudite.

— Vous l'avez dit à qui?

— À mes beaux-parents. Je voulais qu'ils la vendent, qu'ils la sortent de notre famille, mais ils ont refusé.

Ils disaient que personne ne pouvait vivre là-bas, qu'elle avait été transmise à travers cinq générations de Cannington après... après ce qui s'était passé. Et j'ai vu... j'ai vu.

Elle hocha la tête.

— Vu quoi?

— Qu'ils avaient raison. Mes beaux-parents n'y avaient jamais amené Bill, mon mari, dans son enfance. Il ne savait même pas que la maison était à eux. En surface, on aurait dit une retraite estivale idéale pour un jeune garçon. Ses parents le savaient, ils savaient qu'il serait attiré, alors ils ont gardé le secret. Ils ont attendu qu'il soit adulte, quand ils étaient devenus trop âgés pour conserver la maison. C'est alors qu'ils nous ont parlé de la Fin de l'été, qu'ils nous en ont raconté l'histoire sanglante, qu'ils nous ont dit qu'ils nous la léguaient par testament. Quand j'ai refusé et menacé de la vendre au premier acheteur venu, ils ont décidé de nous amener là-bas. Ils voulaient nous montrer pourquoi nous ne pourrions jamais la vendre, jamais la confier à une famille qui n'en connaîtrait pas l'histoire. Et je... l'ai... vu.

— Le Dr Stockwell, dit Jacob. Je l'ai vu, moi aussi.

— Oh! Mon Dieu, fit Mme Cannington d'une voix étranglée. Comment Colton a-t-il découvert la Fin de l'été? Qu'est-ce que ce monstre a fait à mon fils?

— Colton était-il déjà allé à la Fin de l'été?

— Non! Jamais. Je ne l'aurais pas permis. Bill et moi avions décidé qu'il serait plus sûr de garder l'île secrète jusqu'au moment de la léguer à Colton, comme la famille l'avait toujours fait. J'ai dû enlever toutes les photos du docteur de leurs cadres dans la maison et je les ai cachées. Je ne supportais pas de regarder son visage, j'avais l'impression qu'il me suivait des yeux partout où j'allais. Bill et moi y allions deux fois par année pour nous assurer qu'aucun squatter ne l'avait découverte et ne s'y était installé, mais nous n'amenions jamais Colton. Comment a-t-il fini par la trouver?

Jacob sentit son sang couler à flots dans ses veines comme s'il allait traverser sa peau. Comme un moustique avec son dard coincé dans le bras d'un enfant, incapable de s'échapper avant d'exploser en un dégât sanguinolent.

C'était le moment qu'il avait craint plus que tout. L'aveu qu'il n'avait pas voulu que ses amis entendent. Le secret qu'il gardait depuis quatre longues années.

— J'ai quelque chose à vous dire, annonça-t-il doucement. Quelque chose que j'aurais dû vous avouer il y a longtemps.

Mme Cannington le regarda avec méfiance et curiosité, mais sans colère ni haine. Cela donna à Jacob un peu de courage pour poursuivre, tout en sachant que la colère et la haine allaient bientôt s'abattre sur lui.

— Comme je vous l'ai dit, Colton et moi étions dans la même classe en quatrième année, reprit-il. Nous n'étions pas vraiment amis, mais nous avions une rivalité amicale et nous nous défions mutuellement pour faire des choses. Je ne sais pas pourquoi. C'était juste idiot et enfantin, j'imagine.

Il s'arrêta pour respirer. Des larmes affluèrent dans ses yeux. C'était presque impossible de dire cela à voix haute pour la première fois. Mais comme il avait déjà commencé, il savait qu'il n'y avait pas de retour en arrière.

— La veille de sa...

Il s'arrêta, puis se remit à parler.

— On jouait à la tague dans le terrain de jeu. Je n'arrivais pas à le toucher et c'était moi qui le poursuivais depuis longtemps. Je voulais donc finir par l'attraper. J'ai dit quelque chose, quelque chose de complètement nul. J'ai dit : « J'espère qu'un jour le Kalapik va te prendre. » Je ne le pensais pas vraiment, mais je ne pouvais pas revenir sur mes paroles. Mais Colton s'est contenté de rire et il a dit : « Le Kalapik n'existe pas. Je n'ai pas peur d'une histoire idiote. » Alors, j'ai dit : « Vraiment? Alors, prouve-le. »

Une larme roula sur la joue de Jacob.

— Ce sont les derniers mots que j'ai dits à Colton. Il a disparu le lendemain. Et je suis presque sûr... Je suis presque sûr que c'est ma faute.

Le temps ralentit. Le Colton de dix ans souriait sur la photo derrière sa mère. Immobile et silencieuse, elle absorbait ce que Jacob venait de lui raconter. Elle parla soudain, mais Jacob ne s'attendait pas à entendre ce qu'elle lui dit.

— Mon mari s'est tué deux étages plus haut, dit-elle en indiquant le plafond, exactement au-dessus de l'endroit où nous sommes assis à présent. Il a essayé de rester en vie aussi longtemps qu'il l'a pu après avoir cessé d'espérer que notre fils soit encore vivant. Mais le fardeau est alors devenu trop lourd à porter. Il a acheté une corde, a fait un nœud et il a monté l'échelle jusqu'au grenier. Il s'est pendu. C'était son choix. Il avait tant souffert, bien plus que n'importe quel parent, mais c'était son choix.

Elle posa ses deux mains sur la table et son expression s'adoucit.

— Si ce que tu me dis est vrai, si mon fils est mort à la Fin de l'été, c'est donc qu'il a décidé d'y aller. Et moi...

Elle s'étouffa et dut se racler la gorge avant de poursuivre.

— Je te crois. Qu'il ait ou non voulu te prouver, se prouver à lui-même ou à Dieu sait qui qu'il n'avait pas peur du Kalapik, c'est lui qui a décidé de se rendre à l'île en canot. Et tu sais quoi? Le fait de le savoir maintenant... le fait de le savoir me procure un petit sentiment de paix.

Elle se mit à sangloter et à trembler. Jacob l'observait, mal à l'aise, se disant qu'elle voulait peut-être rester seule, mais aussi que ce serait grossier de se lever et de s'en aller.

Alors qu'il l'observait, il commença à s'inquiéter. Elle était plus pâle qu'avant et des gouttes de sueur perlaient sur son front.

— Ça va, Mme Cannington?

Elle ne répondit pas. Elle semblait incapable de parler. Sa tête et ses épaules étaient affaissées et elle se mit à pousser de petits cris étranglés. Sa respiration était sifflante.

— Oh! Non! s'écria Jacob.

La gravité de la situation l'accabla. Il prit son téléphone et composa le 911.

— S'il vous plaît, envoyez-moi de l'aide, dit-il quand l'opérateur répondit. Je suis avec une femme qui souffre d'une attaque, d'un infarctus ou je ne sais pas quoi...

Quand l'opérateur l'eut assuré que les ambulanciers étaient en route, il ajouta en s'adressant à Mme Cannington :

— Tenez bon! Les secours arrivent. Tout ira bien.

Quelques minutes de stress suivirent. Jacob aurait désespérément voulu pouvoir faire quelque chose. L'état de Mme Cannington empirait de seconde en seconde.

Son visage était maintenant rouge betterave et ses yeux étaient injectés de sang. Elle agrippa sa poitrine et hocha la tête.

— Je t'en prie, chuchota-t-elle, si tu trouves mon fils, si son âme est piégée ici, promets-moi de l'aider.

— Je vous le promets, répondit-il en acquiesçant d'un vigoureux signe de tête. Mais comment?

— Il y a un cahier noir... dans ma table de chevet à l'étage... et dans le corridor...

Elle ferma les yeux et gémit. Chaque parole semblait lui causer une douleur extrême.

— Dans le corridor, il y a un...

Elle gémit de nouveau, plus fort, et se plia en deux, incapable de terminer sa phrase.

On frappa à la porte et deux ambulanciers entrèrent avec une civière. Ils posèrent une série de questions à la malade, mais sa détresse était telle qu'elle ne put répondre. Jacob fit de son mieux pour leur expliquer la situation. Ils l'allongèrent sur la civière et dirent à Jacob qu'il pouvait les accompagner à l'hôpital de Valeton.

— Oh! Je ne suis pas de la famille, répondit-il. Je l'ai juste aidée à porter son sac d'épicerie.

Les ambulanciers hochèrent la tête, portèrent

Mme Cannington à l'arrière de l'ambulance et s'éloignèrent. Tout se passa dans une sorte de brouillard.

Jacob monta à l'étage et trouva la chambre de Mme Cannington. Elle était moins en désordre que le rez-de-chaussée — comme si elle avait hésité à toucher à quoi que ce soit depuis la disparition de son fils. Ou peut-être dormait-elle en bas, sur le canapé. De toute façon, Jacob eut la chair de poule dans cette pièce. Il alla donc directement à la table de chevet, ouvrit le tiroir et farfouilla dans les papiers, les vieilles piles et autres objets hétéroclites. Il trouva un cahier noir et le feuilleta. Il s'agissait d'un journal intime aux pages couvertes de gribouillis. Comme il ne voulait pas s'attarder dans cette maison plus longtemps que nécessaire, il fourra le cahier dans sa poche et descendit l'escalier en courant.

Il regarda les tours de boîtes empilées jusqu'au plafond qui étaient alignées dans le corridor. « Dans le corridor », avait dit Mme Cannington. Mais elle ne lui avait pas dit où regarder ni ce qu'il devait chercher. Il tapota le cahier dans sa poche. *Ce sera peut-être suffisant*, pensa-t-il. Après un dernier regard dans le corridor encombré, il sortit d'un pas déterminé. *Il le faudra.*

Il avait fait une promesse. Il entendait la tenir.

TREIZE

Le 25 août

Depuis qu'il avait vu les ambulanciers amener Mme Cannington à l'hôpital, Jacob avait passé tous ses temps libres à consulter le cahier noir qu'elle lui avait dit de prendre. Au début de la première page, on pouvait lire le nom de la personne qui l'avait écrit : Albruna Cannington. La sœur de Tresa.

Jacob eut de la difficulté à déchiffrer de longs passages de cette écriture illisible. On aurait dit qu'Albruna avait écrit de façon précipitée, ou qu'elle était démente. Les deux choses étaient possibles.

Absolument folle, conclut-il en poursuivant sa lecture pendant toute la semaine. La plupart des pensées d'Albruna n'avaient pas de sens. Au moins, elle n'avait pas écrit la lettre en allemand, sinon il aurait été obligé de taper le texte sur un outil de traduction en ligne. Tout concernait la Fin de l'été et les fantômes qui hantaient les couloirs et les pièces, mais ses pensées étaient quelque peu incohérentes. La douleur consécutive aux événements qui s'y étaient déroulés était probablement trop fraîche, trop cuisante.

J'entends des choses. Je sens des choses. Je vois des choses. Je ne suis pas seule.

Et :

Ça ne suffit donc pas que le monstre ait pris ma sœur? Pourquoi a-t-il le droit de rester?

Et :

Ma sœur, ma sœur, ma sœur, oh! mon Dieu! Comment est-ce possible?

Les deux dernières pages éveillèrent la curiosité de Jacob plus que tout le reste. À l'avant-dernière, Albruna avait parlé du sous-sol :

La vue du matériel médical du monstre dans ce sous-sol sombre et sale m'a révulsée. Qui sait ce qu'il a fait dans cette pièce? Je ne veux jamais le savoir

Et :

Une chose des plus curieuses : Un des murs. Il chatoie, comme une mince couche d'huile miroitant sur un pavé brûlant. Si fine et si délicate que mes yeux ont failli ne pas la voir, et quand ils l'ont vue, mon esprit rationnel a refusé de croire qu'il avait vu quelque chose. Mais c'était bien là.

Et :

C'est là que j'ai vu Tresa pour la première fois, debout dans ce chatoiement. Pas devant lui, non, mais dedans, vraiment dedans. « Viens, ma sœur », m'a-t-elle dit. « Entre dans la mer Noire. C'est charmant, ici. Nous pourrons être ensemble. Nous vivrons à jamais. »

Et enfin :

J'étais dans un brouillard, comme dans un rêve. J'ai failli traverser. Mais les yeux de Tresa se sont alors rétrécis, sa peau a pâli et du sang s'est répandu sur son ventre. J'ai couru. J'ai entendu des pas derrière moi, mais je n'ai pas regardé.

Sur la dernière page, Albruna avait écrit :

Je suis retournée. J'étais incapable de rester à l'écart. C'était comme si ma sœur m'appelait. Je ne comprends pas. Je suis allée directement au sous-sol. Je me tenais devant le chatoiement, ce que Tresa appelait la mer Noire. J'ignore ce que je voulais à ce moment-là. La rejoindre? La revoir une dernière fois avant de lui dire adieu? Je ne le sais toujours pas.

Elle a traversé le mur. Je savais qu'elle n'était pas réelle, mais elle semblait l'être. Comment puis-je l'exprimer autrement? Elle avait l'air d'une vraie chose physique dans un monde de brume et d'ombre. D'un geste, elle m'a invitée à la rejoindre. J'ai fait un pas en avant. Je ne pensais à rien. Je ne contrôlais plus rien. Elle a souri et a tendu sa main vers moi, mais son sourire a disparu. Ma poitrine s'est mise à brûler et j'ai cru que j'avais une crise cardiaque. J'ai mis un moment avant de comprendre que c'était le pendentif de calcédoine que je portais autour de mon cou. Je l'ai enlevé de sous ma blouse. Il est devenu plus chaud dans ma main. « Tu ne peux pas l'apporter », a dit ma sœur. À ce moment, son visage avait changé. Elle n'était plus ma sœur. D'une certaine façon, elle était différente. J'ai reculé d'un pas, libérée de la transe dans laquelle j'étais tombée. Je me suis enfuie tandis que ma sœur me criait de revenir. J'ai beau désirer être avec elle, je n'en ai pas encore fini avec la vie. Je ne suis jamais retournée à la Fin de l'été depuis ce jour-là.

Je ne sais pas combien de temps je pourrai résister. Je sens l'attrait, au moment même où j'écris ces mots.

C'était la dernière chose qu'Albruna avait écrite dans ce journal et cela donna bien des sujets de réflexion à Jacob. Tresa avait été jeune, belle, riche et en santé. Elle avait vécu dans une maison de rêve sur sa propre île, et elle avait contribué à la communauté en aidant les jeunes patients de son mari dans leur maison. Pourtant, rien de ce que Jacob avait appris à son sujet ne l'amena à croire qu'elle eût connu beaucoup de bonheur au cours de sa brève et tragique existence. L'unique chose qu'elle désirait plus que tout — mettre des enfants au monde — ne lui avait pas été permise.

Jacob avait une famille. Elle était peut-être petite, mais il savait que c'était sans importance. Sa mère l'aimait de tout son cœur et il l'aimait aussi. Ils ne vivaient peut-être pas dans une grande maison, comme la famille d'Ichiro, et sa mère devrait sans doute travailler au Plat chaud bien après l'âge de la retraite, mais peu importait. Ils étaient là l'un pour l'autre.

La lune était ronde et brillante dans le ciel, presque pleine. Jacob s'affala sur le canapé de sa salle familiale et contempla les étoiles dehors. Quand il était plus jeune, il passait des heures à regarder le ciel nocturne en se demandant ce qu'il y avait là-haut. Y avait-il de la vie sur les autres planètes? Quand l'univers était-il apparu? Quelle était sa taille? Quand tout cela finirait-il?

Même dans sa tendre enfance, il aimait ces questions auxquelles il n'y avait pas de réponse. Il les trouvait grandioses et mystérieuses. Elles le faisaient se sentir petit tout en lui donnant l'impression de faire partie de quelque chose de plus vaste, et ça le réconfortait. Plus que tout, quand il regardait l'espace, il se sentait heureux d'avoir sa mère, de n'être pas seul au monde.

C'est pourquoi, chaque fois qu'il était triste parce que son père était... là où il était, il contemplait les cieux et s'y perdait pendant une heure ou deux. Et quand il émergeait de ses rêveries nocturnes, il se sentait toujours un petit peu mieux qu'avant.

— Tu veux du dessert, mon chéri? lui demanda sa mère, l'arrachant doucement à ses pensées et le ramenant à l'instant présent.

Il n'était plus un enfant de huit ans admirant les étoiles, mais un garçon de quatorze ans reconnaissant d'avoir ce qu'il avait.

— De la crème glacée, peut-être? Je vais émietter des biscuits Oreo dessus.

La voix de sa mère semblait lointaine comme si seule une petite partie de l'âme de Jacob était sur terre tandis que le reste flottait parmi les constellations.

— Non, merci. Je n'ai pas vraiment faim.

Sa mère traversa la pièce et vint s'asseoir à côté de lui sur le canapé. Elle effleura son front et le regarda attentivement, une étincelle dans ses yeux.

— Qu'est-ce que tu fais, maman?

— Je veux savoir si tu es malade. C'est une des deux raisons auxquelles je peux penser pour que tu refuses de la crème glacée.

Jacob essaya en vain de retenir un sourire.

— Je ne suis pas malade.

— Alors, c'est une manœuvre d'extraterrestres. Qu'as-tu fait à mon fils, petit bonhomme vert?

— Maman, arrête!

Il la repoussa en riant.

— Savais-tu qu'ils ont de la crème glacée à la pieuvre au Japon?

Elle leva les yeux au plafond et se pourlécha, comme pour conjurer magiquement la saveur d'une crème glacée à la pieuvre.

— Tu sais quoi? Ça ne me semble pas si mauvais.

— Oui, ça l'est! *Totalement* infect.

— J'y goûterais bien, dit-elle en haussant les épaules. Au Japon, hein? C'est Ichiro qui t'en a parlé?

Jacob fit signe que oui.

— Tu es encore contrarié par son départ.

Ce n'était pas une question.

Jacob hocha de nouveau la tête.

— Je comprends, dit sa mère. Il n'est jamais facile de dire adieu à un ami. As-tu expliqué à Ichiro ce que tu ressens?

— Un peu, je suppose.

— Il éprouve sans doute la même chose que toi.

— Je sais.

Il repensa au début des vacances estivales. Assis face à face dans la *Frégate écarlate*, Ichiro et lui dérivaient au milieu du lac Sepequoi. Ils venaient de découvrir la Fin de l'été et avaient résolu de profiter au maximum du temps qu'il leur restait ensemble. Ça s'était passé sept semaines et demie auparavant.

Et maintenant, l'été était presque fini, comme une goutte d'eau presque évaporée en période de sécheresse.

— Au début de juillet, on s'est promis de rendre cet été inoubliable, dit Jacob. Et il l'a été. Pas comme on s'y attendait, mais ça a été formidable.

Sa mère lui sourit d'un air compréhensif, comme si elle devinait l'essence de ce que cela signifiait. Mais comment aurait-elle pu le savoir? C'était impossible. Personne ne le pouvait.

— Je sais qu'il s'en va et que personne n'y peut rien, reprit Jacob. N'empêche que ça ne me plaît pas.

— C'est normal. Mes parents et moi avons déménagé à Ottawa quand j'étais en dernière année du secondaire. Crois-tu que c'était mon choix? Bien sûr que non. Et je ne vais pas te mentir : j'ai trouvé épouvantable de quitter tous mes amis au milieu de l'année scolaire. C'était déjà suffisamment pénible, mais quand je suis arrivée à ma nouvelle école, j'ai eu beaucoup de difficulté à m'y intégrer. J'y suis parvenue toute seule parce que je savais que c'était l'affaire de quelques mois, que j'en sortirais et que j'entrerais dans un collège ou que je trouverais un emploi. Aucun de mes camarades de classe ne se souviendrait de moi après quelques années et je l'ai accepté. Mais à la cérémonie de remise des diplômes, j'ai trébuché sur ma toge devant toute la promotion et j'ai dégringolé de l'estrade. Je me suis exhibée devant tout le monde. Après ça, je doute qu'on m'ait oubliée. Ils en parlent probablement encore à Ottawa. C'est en partie pour ça que je suis revenue vivre ici.

Sa voix se brisa, comme si elle avait oublié où elle était et à qui elle parlait. Elle rougit et jeta à son fils un regard exprimant sa gêne et son regret.

Jacob ne put s'empêcher de rire.

— Merci pour ces paroles d'encouragement, maman.

— Je ne suis pas très douée pour ça, n'est-ce pas? Ce que j'essaie de te dire, c'est que je comprends ce que tu éprouves parce que j'ai vécu la même chose.

— Je ne me suis jamais exhibé.

— Tu es jeune, tu as le temps, répondit-elle en souriant. Je suis là pour toi, Jake. Je l'ai toujours été, je le serai toujours.

— Merci, maman. Je le sais.

— Et mes parents étaient là pour voir ma scandaleuse exhibition, ajouta-t-elle. J'imagine qu'ils ont eu de la peine pour moi, alors ils m'ont acheté ce collier argenté avec la pierre verte. Quand j'ai dû vendre mon alliance, ce collier est devenu et demeure mon seul bijou.

Elle haussa les épaules.

— À quelque chose malheur est bon, pas vrai?

reprit-elle avec un petit rire.

Après lui avoir adressé un clin d'œil, elle ouvrit un livre et se mit à lire.

Jacob retourna aux étoiles silencieuses, phares éclairés sur une mer noire. Elles étaient paisibles, rassurantes et il retrouva sa tranquillité d'esprit.

Il y a tant de mystères là-haut, pensa-t-il. Il détourna son regard des étoiles et revint à l'espace clos du salon.

— Maman?

Elle leva les yeux.

— Oui, Jake?

— Je t'aime.

Ils s'étreignirent.

— Je t'aime aussi. À présent, que dirais-tu d'une crème glacée?

— Si elle n'est pas à la pieuvre.

— Tu as de la chance. Il n'en reste plus.

Des nuages noirs roulèrent dans le ciel et bloquèrent la vue des étoiles.

———

Jacob essaya de ne pas regarder l'horloge. Il avait éteint la télé un peu après vingt-deux heures. Toutes les chaînes d'information suivaient un gros ouragan qui, selon les météorologues, allait frapper la région de Muskoka pendant la fin de semaine. Sur son bureau, le bol de crème glacée ignoré était rempli d'une bouillie gluante. Des miettes de biscuits au chocolat flottaient à la surface comme une couche de poussière.

Cric-cric-crac.

Jacob sursauta et regarda par la fenêtre de sa chambre, d'où le bruit était venu. On aurait dit qu'un animal essayait d'entrer, mais sa chambre était à l'étage.

Cric-ca-cric-cric-cric.

Voilà que ça recommençait.

Il sortit de son lit et traversa lentement la chambre. Il se sentait un peu idiot. Pourquoi hésitait-il? Que s'attendait-il à trouver dehors, dans sa cour? Le Kalapik? Le Dr Stockwell?

Plaqué contre le mur à côté de la fenêtre, il écarta le rideau et scruta lentement les alentours.

Il y avait quelqu'un dans la cour. Penché, l'intrus farfouillait dans le potager de sa mère. Une silhouette sombre cachée dans la nuit.

Jacob se demanda si c'était un sans-abri en quête de quelque chose à manger. Les sans-abri étaient rares à Valeton. Alors, qui était-ce?

Il était sur le point de réveiller sa mère et d'appeler la police quand la silhouette se redressa et le regarda directement. Son cœur fit un bond. Il était trop tard pour bouger ou se cacher. Debout dans la lumière de sa chambre, Jacob avait indubitablement été repéré.

La silhouette lança une petite poignée de cailloux et s'essuya les mains sur son pantalon, puis le salua d'un geste de la main. Les yeux de Jacob continuaient de s'ajuster à l'éclairage différent entre sa chambre et la cour. Des détails du visage de la silhouette s'affinèrent et Jacob sut qui c'était.

Ichiro.

Il déverrouilla la fenêtre et l'ouvrit.

— Ichiro? demanda-t-il sans parvenir à camoufler la surprise. C'est toi?

— Salut, Jake.

— Qu'est-ce que tu fais là?

Il se tourna et consulta l'horloge.

— Il est presque minuit.

— Je sais. On peut parler?

— Bien sûr. Attends-moi. Je serai là dans une minute, dit Jacob en jetant un regard en direction de la chambre de sa mère.

Après avoir refermé la fenêtre, il prit le cahier noir et descendit silencieusement l'escalier. La porte arrière grinça légèrement quand il l'ouvrit. Jacob espéra que le bruit n'avait pas réveillé sa mère.

Le vent hurla dans la cour dès qu'il posa le pied dans l'herbe.

— Qu'est-ce qui te prend? demanda-t-il. Pourquoi lances-tu des cailloux contre ma fenêtre au milieu de la nuit au lieu de m'envoyer un message texte?

— Ma mère a confisqué mon téléphone.

— Pourquoi?

— Peu importe. J'ai quelque chose à te montrer.

— Et ça ne pouvait pas attendre jusqu'à demain?

— Non, ça ne pouvait pas attendre. Puis-je emprunter ton téléphone?

— Évidemment.

Jacob le sortit de sa poche et le tendit à son ami.

— Merci.

En le prenant, Ichiro remarqua le cahier que Jacob avait apporté dehors.

— Qu'est-ce que c'est?

— Je te le dirai après. C'est toi qui es venu chez moi au milieu de la nuit, tu te rappelles? Tu ne peux te contenter d'entretenir le suspense. Montre-moi ce que tu veux me montrer.

Ils s'assirent sur de vieilles balançoires inutilisées qui rouillaient depuis des années au fond de la cour. La peinture s'écaillait sur le cadre métallique. Les balançoires couinèrent et gémirent sous leur poids.

— J'ai fait des recherches depuis quelques jours, commença Ichiro tout en pianotant rapidement sur l'écran du téléphone de Jacob. Et j'ai trouvé des choses.

— Tout seul? Tu m'impressionnes.

— Tu n'es pas le seul à faire semblant d'être Sherlock

Holmes. Je me suis avéré un assez bon détective en fin de compte.

Ichiro sourit. Jacob lui rendit son sourire et préféra ne pas mentionner que Sherlock Holmes avait résolu toutes ses affaires sans l'aide d'internet et d'un téléphone intelligent.

— Qu'as-tu trouvé?

Ichiro cliqua sur le site Web de la bibliothèque publique de Valeton.

— J'ai essayé de trouver des articles de journaux sur des enfants disparus à Valeton. Je pensais que je trouverais peut-être un modèle ou autre chose. Mais il n'y avait rien sur Google. Rien! On dirait que tous les journaux en dehors de Valeton ne savent même pas que cette ville existe.

— Bizarre, dit Jacob. On pourrait penser que des cas d'enfants disparus seraient traités dans d'autres journaux, surtout qu'il y a eu tellement de disparitions au fil des ans.

— Et je n'ai rien trouvé dans la *Voix de Valeton* non plus, même si j'aurais juré qu'il y avait des articles sur Colton dans le journal. Demande-moi à quoi j'ai pensé ensuite, reprit Ichiro en souriant de nouveau.

Jacob roula les yeux, mais céda à la demande de son ami.

— À quoi as-tu pensé ensuite?

— À quelque chose que Rio a dit la première fois que nous sommes allés à la bibliothèque. Il nous a dit qu'il travaillait à reculons dans le temps en numérisant la *Voix de Valeton* et qu'il n'en était qu'à 1955.

Jacob éclata de rire, vraiment impressionné.

— Comment t'en es-tu souvenu?

— À reculons dans le temps? 1955? Allô! Il y a quelqu'un? J'ai tout de suite pensé à *Retour vers le futur,* et comment ne m'en serais-je pas souvenu? Pas toi?

Jacob secoua la tête.

— Ne disons jamais qu'une vie consacrée à la culture pop est une vie gaspillée.

— J'ai donc demandé une carte d'abonné, les yeux de Rio se sont embrumés, et je suis rentré chez moi pour me connecter à la base de données de l'histoire locale. En fin de compte, hum, on n'a pas vraiment besoin d'une carte pour se connecter à la base de données. Mais en passant, savais-tu que tu peux t'en servir pour emprunter des jeux vidéo... *gratuitement?*

— Ouais, évidemment.

— Pourquoi ne me l'as-tu pas dit avant? J'ai emprunté le *Jeu de la mort* le jour où j'ai obtenu ma carte, mais je ne sais pas encore comment gagner même si j'ai joué toute la semaine. C'est pour ça que ma mère a confisqué mon téléphone. Pas de technologie pendant une semaine.

— Si on revenait à la base de données, dit Jacob,

anxieux de remettre son ami sur la voie.

— Oui, c'est vrai, la base de données. J'ai tapé quelques mots de recherche et, comme il fallait s'y attendre, j'ai trouvé des articles sur des enfants disparus. Un tas d'enfants disparus. En fait, j'ai trouvé le cas d'un enfant disparu tous les quatre ans. En commençant par Colton et jusqu'à l'année où la *Voix de Valeton* a été numérisée.

Ichiro tendit le téléphone à Jacob. Il avait ajouté les pages à ses favoris sur son compte personnel et Jacob parcourut les titres.

Disparition d'un garçon

Une fille de Valeton disparaît sans laisser de trace

Les autorités échouent dans leur recherche d'un garçon disparu

Une mère considère la légende du « Kalapik » comme responsable de la disparition de sa fille

Et ainsi de suite. Pris de nausée, Jacob dut interrompre sa lecture.

— On dirait que le docteur a une sorte de routine, dit

Ichiro. Comme s'il avait besoin de tuer tous les quatre ans avec une précision chirurgicale, si tu me permets ce jeu de mots.

— Tous les quatre ans précisément. Ça veut dire...

— Qu'il va tuer de nouveau avant la fin de cet été, conclut Ichiro en terminant la phrase de Jacob.

Un silence lourd de sens s'étira entre les deux amis qui avaient baissé les yeux. Une bourrasque menaça de faire tomber Jacob de sa balançoire. Il mit ses pieds sur le sol et agrippa plus fermement les chaînes. Le métal était froid.

— Nous devons l'arrêter, dit Jacob.

Et si j'arrête le Dr Stockwell, l'âme de Colton sera peut-être libérée.

— Comment? demanda Ichiro.

— Je ne sais pas, pas encore. Mais je crois qu'il y a un indice utile dans ce cahier, continua-t-il en montrant le journal intime. Mme Cannington me l'a donné.

Le téléphone de Jacob sonna. Hayden venait de lui envoyer un message texte.

> Papa est de mauvaise humeur.
> On peut venir?

— C'est Hayden, dit Jacob. Je pense qu'ils ont besoin d'un endroit où passer la nuit.

Il se hâta de répondre.

> Bien sûr.
> Ichiro est ici.

On est dans la
cour.

———•———

Les jumeaux arrivèrent en un temps record,
ce qui amena Jacob à penser que leur père était
particulièrement de mauvaise humeur.

— Je crois qu'il a eu des problèmes au travail, expliqua
Hayden. Il est rentré avec un nuage noir au-dessus de
sa tête. Il est allé au bar et on ne voulait pas être là à
son retour.

— Je n'y retournerai pas de la fin de semaine,
renchérit Hannah. Il vaut mieux le laisser se calmer
complètement.

— Vous pouvez rester chez moi cette nuit, proposa
Ichiro. Si on entre par la porte du sous-sol, mes parents
ne sauront même pas que vous êtes là jusqu'à ce que je
le leur dise demain matin. Ne vous en faites pas, il n'y
aura pas de problème.

— Merci, Ichiro, dit Hayden. Tes parents seront
d'accord si nous passons deux nuits chez vous?

— Eh bien, Jake et moi en avons discuté avant que
vous arriviez ici.

— Demain, on va passer la nuit à la Fin de l'été,
précisa Jacob. Camper sur l'île. Et on se demandait si
vous accepteriez de nous accompagner.

Il leur parla de sa conversation avec Mme Cannington

et du journal intime qu'elle lui avait donné, puis il leur montra la preuve qu'Ichiro avait trouvée : le Dr Stockwell avait tué un enfant tous les quatre ans.

— On pense qu'il va récidiver avant la fin de l'été.

— Euh, murmura Hayden, absorbant ce qu'il venait d'entendre. Si c'est vrai, ne devrait-on pas avoir peur que l'un de nous soit la prochaine victime?

Personne ne répondit.

— Ne devrait-on pas éviter l'île, je veux dire, reprit Hayden, et même tout le lac, comme la peste?

— Tu as raison, dit Jacob. Si nous allons à la Fin de l'été, nos vies seront en danger. Mais si nous n'y allons pas, que se passera-t-il? Si je reste assis ici sans rien faire et qu'un autre enfant disparaît...

Il pensa à Colton, se revit, un après-midi de juin, lui dire qu'il voulait que le Kalapik l'attrape, et trouver sa chaise vide le vendredi matin suivant.

— On a au moins une petite chance. Je pense qu'on en sait plus sur l'histoire du docteur et de l'île que n'importe qui dans la ville, y compris Mme Cannington.

— Alors, pourquoi ne pas donner cette information à la police et la laisser prendre les choses en main? proposa Hayden.

Jacob secoua la tête.

— Non. Non, ça n'apportera rien de bon. Qu'est-ce qu'ils vont comprendre si on leur montre les articles de journaux, la photo de Tresa, la lettre dont on a rassemblé les morceaux, ce journal intime? Rien, sinon qu'il s'est passé des choses terribles autrefois à la Fin de l'été. Et si on ajoute qu'on pense que la maison est hantée, ils vont rire de nous au poste et nous faire passer des tests psychologiques.

— Jake a raison, dit Ichiro. Personne ne va nous croire. Si quelqu'un peut arrêter le Dr Stockwell, c'est nous.

Jacob soupira et regarda chacun de ses amis à tour de rôle.

— J'ai le sentiment que si nous parvenons à forcer le Dr Stockwell à retourner dans la mer Noire, et je ne sais pas, fermer ou bloquer l'entrée d'une façon ou d'une autre, nous pourrons le piéger là pour toujours. Je comprendrai si vous ne voulez pas y aller, mais moi, j'y vais.

— Quel genre d'ami serais-je si je te laissais y aller tout seul? protesta Ichiro. Aucune pression, les amis, ajouta-t-il en regardant les jumeaux d'un air penaud.

— Aucune pression? rétorqua Hannah en pouffant de rire. C'est une tonne métrique de pression. Mais même si ce ne l'était pas, j'aurais dit oui, moi aussi.

— Bon, je ne vais pas faire bande à part, dit Hayden. D'ailleurs, je ne suis pas pressé de rentrer chez nous. J'irai avec vous.

— Il faut apporter de la nourriture, le matériel nécessaire et un peu d'argent pour des collations, conseilla Ichiro en regardant les jumeaux. Vous pouvez m'emprunter des vêtements et des sacs à dos. J'ai une tente qu'on pourra utiliser et la *Frégate écarlate*, évidemment.

— Je persiste à penser que c'est un nom idiot pour un canot, fit remarquer Hayden.

Ichiro ignora le sarcasme et continua à exposer son plan.

— Jake, je vais dire à mes parents que je dormirai chez vous demain soir et tu pourras dire à ta mère que tu passeras la nuit chez nous. Rendez-vous au dépanneur Route de l'est à trois heures.

— Trois heures de l'après-midi? s'étonna Jacob. Pourquoi si tard?

Ichiro haussa les épaules.

— Je ne me lève jamais avant midi. De plus, comme mes parents doivent sortir au début de l'après-midi pour un travail quelconque, ils ne nous verront pas partir. C'est un plan parfait.

Tout en admettant que ça sonnait bien, Jacob ne put s'empêcher de penser à un des adages favoris de sa mère : L'homme propose et Dieu dispose.

Après s'être cogné les poings et s'être donné des claques dans le dos, ils se dirent au revoir. Ichiro,

Hannah et Hayden sortirent discrètement de la cour. Jacob s'attarda dehors un peu plus longtemps.

Le ciel évoquait une couverture sombre au-dessus de sa tête. L'air était chargé d'électricité, chaud et suffocant. Mais il y avait aussi une fraîcheur insolite cette nuit-là, comme une rose rouge solitaire dans un jardin mort. Il sentit quelque chose frémir au fond de ses entrailles.

Il avait le sentiment — il le savait comme il connaissait son propre nom — que la vague de chaleur était sur le point de prendre fin à Valeton.

Un orage approchait.

QUATORZE

Le 26 août

Le ciel était rouge.

Des trombes d'eau se déversaient des cieux et inondaient la terre. Les océans, les mers et les lacs se gonflaient. Le monde fut englouti. Dans un clignement de paupière, tout disparut.

Une voix de femme chantait — *crac, crac* — dans la tête de Jacob quand il s'éveilla dans le nouveau monde.

Bonne nuit, cher trésor...

Il se débattit, tentant désespérément de rester à la surface. Il appela à l'aide en hurlant, mais il n'y avait personne autour de lui pour entendre ses cris. Il se retourna, mais partout où il regardait, il ne voyait que de l'eau, de l'eau, de l'eau. L'eau léchait son visage, brûlait ses yeux, l'étouffait. Il tomba.

En bas, très loin, au fond.

Il gesticula, se contorsionna, complètement désorienté. Il ne savait plus où était le haut, où était le bas.

La femme dans sa tête continuait de chanter, comme si c'était la dernière mélodie chantée sur terre et que rien — pas même la fin du monde — ne l'empêcherait de la terminer.

Ferme tes yeux et dors...

Sous l'eau, une voix mouillée par la mer. « Ne t'inquiète pas, Jacob. Tout sera bientôt fini. Descends avec moi. Viens au fond, tu seras en sécurité. »

Tresa émergea en flottant des profondeurs boueuses, à travers l'obscurité, les algues et la vase.

Laisse ta tête s'envoler...

— Derrière toi, cria-t-elle dans le silence ambiant.

Jacob se retourna. Un mètre derrière lui, se tenait une version hideuse du Dr Stockwell, avec de longs poils, la peau verte, des yeux noirs et des ongles acérés. Il leva un couteau.

Au creux de ton oreiller...

Jacob hurla èt une explosion de bulles sortit de sa bouche. Il trouva la force de nager, de bouger ses jambes et d'allonger ses bras, espérant follement aller dans la bonne direction. Après une seconde de panique, puis deux, trois, quatre, cinq secondes de panique, il émergea enfin à la surface et aspira l'air dans ses poumons en respirations désordonnées, saccadées.

Un beau rêve passera...

Mais il savait qu'il était loin d'être en sécurité. Le Kalapik était toujours au-dessous de lui. À ce moment précis, le monstre nageait pour l'attraper, pour l'agripper avec ses griffes, pour l'égratigner, le couper, le tirer vers le fond et ne jamais le laisser repartir.

Et tu l'attraperas...

Peut-être, pensa Jacob, *peut-être qu'il serait préférable d'aller avec Tresa. Plus sûr. Un dernier recours.*

Bonne nuit, cher trésor...

Quelque chose flotta à la surface de l'eau, quelque chose qui scintillait dans la lumière rouge sang du soleil. Un collier. Jacob tendit la main vers lui comme s'il allait lui sauver la vie. Dès que sa main attrapa le pendentif et la chaînette, il fut soudain debout. Au sec. Sur la terre ferme.

Dans le sous-sol de la Fin de l'été.

Il faisait noir. C'était difficile de distinguer quoi que ce soit. Il faisait froid et le silence régnait.

— Bien.

Jacob pivota.

Tresa dit :

— Tu es venu.

Un beau rêve passera...

Boum, boum, boum. Un bruit de pas. Lourds. Qui descendaient l'escalier.

— Oh non! Mon mari. Il nous a trouvés.

Boum, boum, boum. Le bruit d'un cœur qui bat. Celui de Jacob. Qui cognait contre sa cage thoracique.

Le Dr Stockwell :

— Je t'avais dit que si tu revenais tu connaîtrais le même sort que Colton.

Colton :

— Jacob!

Sa voix venait du mur. *Pas du mur,* constata Jacob. *De l'intérieur du mur.*

— Aide-moi!

Le Dr Stockwell :

— C'est trop tard maintenant.

Il descendit lentement, descendit, descendit dans le sous-sol et agrippa son couteau ensanglanté et le tint serré, serré, très serré dans sa main griffue.

Jacob était incapable de bouger, de penser, de respirer. Le sous-sol devint plus sombre, plus froid.

Tressa dit :

— Vite, maintenant! Ici. Avant qu'il ne t'attrape, toi aussi.

D'un geste, elle indiqua le mur. Les cris et les gémissements d'une dizaine, d'une vingtaine d'enfants, peut-être davantage se joignirent à ceux de Colton dans un chœur frénétique et terrifié. Puis elle tendit son autre main vers Jacob.

Et tu le retiendras...

Son regard alla de la main de Tresa à la sienne. Jacob tenait quelque chose. Le collier qu'il avait saisi à la surface de l'eau était dans sa paume. La chaînette s'enroulait trois fois autour de son poignet et de son avant-bras, comme un serpent.

Le collier devint rouge, de plus en plus chaud contre sa peau.

Le Dr Stockwell était juste derrière lui.

Crac, crac.

Il leva le couteau au-dessus de sa tête. Le couteau allait s'abattre, il frémissait d'envie de transpercer le crâne de Jacob.

Bonne nuit, cher trésor...

Jacob leva la main pour bloquer le coup.

La chaînette glissa de son bras.

Le pendentif devint encore plus brillant, plus chaud dans sa paume. Son éclat rouge éclaira le sous-sol.

Les yeux noirs du Dr Stockwell papillonnèrent et son regard redevint tout à coup humain. Les yeux écarquillés, remplis de terreur.

Ferme tes yeux et dors...

Et Jacob sut.

Il sut qu'on pouvait arrêter le fantôme.

Il sut qu'on pouvait vaincre le Dr Stockwell.

———

Jacob s'éveilla.

Il était fatigué, épuisé, plus que troublé, mais aussi rempli d'espoir. Il avait un plan, il avait ses amis et il croyait en lui. C'était tout ce dont il avait besoin.

Son rêve commença à s'enfuir comme un serpent

dans l'herbe.

Comme un serpent...

Le collier. Il m'a sauvé de la noyade et a arrêté le Dr Stockwell.

Jacob saisit le cahier noir avant que son rêve ne lui échappe davantage et l'ouvrit à la dernière page. Il parcourut les lignes démentes d'Albruna et trouva le passage qu'il cherchait.

Ma poitrine s'est mise à brûler et j'ai cru que j'avais une crise cardiaque. J'ai mis un moment avant de comprendre que c'était le pendentif de calcédoine que je portais autour de mon cou. Je l'ai enlevé de sous ma blouse. Il est devenu plus chaud dans ma main.

Les similarités entre ce passage et son rêve étaient frappantes. Jacob se demanda s'il s'agissait d'une simple coïncidence ou si la lecture du journal intime avait influencé son rêve, mais non, il sentait — *il savait* — que c'était la clé pour vaincre le Dr Stockwell.

Calcédoine. Qu'est-ce que la calcédoine? se demanda-t-il.

Il chercha le mot sur son téléphone et ouvrit un site Web concernant les gemmes. Il trouva une brève description au début de la page.

La calcédoine, qui doit son nom à la ville de Chalcédoine, un ancien port de mer en Turquie, est un genre de silice composée de très fines cristallites de quartz et de moganite. Cette pierre a été très populaire, utilisée en bijouterie pendant des milliers d'années; elle était portée par les marins grecs de l'Antiquité pour se protéger de la noyade et par les premiers Européens pour éloigner les esprits malins.

Voilà la preuve, se dit Jacob. *Ce n'est pas une coïncidence.*

Le site Web montrait plusieurs couleurs et variétés de calcédoine, dont une pierre verte semblable à celle du collier de sa mère.

Il sortit de son lit et traversa sa chambre. D'une main tremblante, il écarta le rideau de la fenêtre et regarda dehors. C'était comme s'il avait tranché le ventre du ciel : sa lumière se déversa dans la pièce. Le lever du soleil rouge sang était magnifique et inspirait le respect. Il était également un peu intimidant.

Ciel rouge le soir laisse bon espoir.

Il avait espéré que l'ouragan passerait, mais il savait trop bien ce que laissait présager la couleur du soleil levant.

Ciel rouge le matin, pluie en chemin.

Il s'habilla et attendit que sa mère descende à la cuisine.

Quand la voie fut libre, il se faufila dans sa chambre. Posé dans la soucoupe sur la table de chevet, le collier luisait dans la lumière matinale. Il le prit et le glissa précautionneusement dans sa poche; il s'attendait presque à le voir en sortir et il se sentait assez coupable de le prendre.

Je ne fais que l'emprunter. Je vais le rendre.

Son téléphone sonna. C'était Ichiro. Il se hâta de répondre et sortit de la pièce dont il referma doucement la porte.

— Hé! Salut, dit Jacob à voix basse. Tu es bien matinal. Vous avez passé une bonne nuit?

— Hayden s'est levé trois fois pour aller aux toilettes et Hannah est la championne du ronflement, alors je me sens plutôt sonné. À part ça, c'est la pleine forme. Et toi?

— Ouais, j'ai bien dormi.

Il n'avait pas envie de revivre les parties de son rêve dont il se souvenait si tôt après son réveil.

— Qu'est-ce qui se passe?

— Tu as vu le ciel, ce matin? demanda Ichiro après un instant.

— Sûr. C'était difficile de le rater.

— Difficile de le rater? Il était rouge sang.

Ichiro se tut, puis ajouta :

— C'est de mauvais augure.

— Ne t'en fais pas, Ichiro. Ce sont des histoires de bonnes femmes.

— Ouais, eh bien, les histoires deviennent parfois des histoires de bonnes femmes parce qu'elles contiennent une part de vérité.

— Essaies-tu de me dire qu'on ne devrait pas aller à la Fin de l'été aujourd'hui? Parce que, comme je te l'ai déjà dit, il n'y a pas de temps à perdre.

Ichiro soupira.

— Tu as raison. C'est aujourd'hui ou jamais.

— Beau temps, mauvais temps?

— Beau temps, mauvais temps.

———

Contre toute attente, le soleil brilla tout le reste de l'avant-midi; il ne plut pas. Le rouge se changea en rose, puis tout s'estompa et prit une teinte douce de bleu, mais à l'horizon, vers l'est, un gros nuage noir restait suspendu et enflait comme une tumeur. Jacob s'efforça de ne pas le regarder tandis qu'il emballait ses affaires pour la nuit.

Dans son sac à dos, il mit un jean et un chandail à capuchon au cas où la nuit serait fraîche. Il ajouta quelques bandes dessinées au fond en s'assurant de ne pas plier ou déchirer les pages. Au-dessus, il déposa le journal intime et la lettre recollée de Tresa.

Il y avait un petit pot de pièces de monnaie sur son bureau. Il l'ouvrit et les versa sur le bureau. Il avait 14,35 $ en pièces de un et deux dollars, vingt-cinq cents, dix cents et cinq cents. Toutes ses économies. Il les fit tomber dans un sac à sandwich.

Pour finir — mais ce n'était certes pas le moins important —, il glissa la chaînette de sa mère par-dessus sa tête et cacha le pendentif sous son tee-shirt. Il se sentait un peu idiot de porter un bijou féminin, mais personne ne le verrait et il espérait que celui-ci les protégerait, ses amis et lui.

Il se regarda dans le miroir et vit un adolescent terrifié avec un sac à dos sur l'épaule.

— Contrôle-toi, lui ordonna-t-il. Sois courageux. C'est juste une nuit. Tu y vas et tu reviens. Ce sera peut-être la dernière fois que nous ferons quelque chose comme ça ensemble tous les quatre.

Une dernière aventure.

———

Quand il entra dans la cuisine pour déjeuner, il vit sa mère assise à la table qui buvait son café en remplissant une autre grille de mots croisés.

— Paresseux, dit-elle sans lever les yeux.

— Laisse-moi deviner, répondit Jacob en jetant un coup d'œil au journal. Un mot de neuf lettres pour une personne qui ne fait rien.

— Non, ce n'est pas une définition du mot croisé, cette fois. C'est toi que je traite de paresseux.

— Maman! Il n'est même pas dix heures.

— C'est le *cardinal* matinal qui attrape le ver.

— Le cardinal matinal? Pourquoi dis-tu ça?

Elle éclata de rire et regarda son fils d'un air narquois.

— Je ne l'ai pas dit. J'ai dit que l'*oiseau* matinal attrape le ver. Dois-je te faire examiner les oreilles?

Jacob rit à son tour et tenta de couvrir sa bévue par un haussement d'épaules.

— Non, mes oreilles vont bien. Je manque peut-être de sommeil.

— Pour ça, je ne peux rien faire, mais je peux te nourrir et c'est tout aussi important. Il y a des œufs frais dans le frigo. Si tu les bats dans un bol, je nous concocterai des omelettes. Qu'en dis-tu?

— Super.

Entre des bouchées d'œufs et de fromage, Jacob se lança :

— Ichiro m'a invité à dormir chez lui ce soir. Ça va?

— Bien sûr que ça va.

Sa mère s'essuya les lèvres avec sa serviette et sourit.

— Et quel genre de tours pendables avez-vous en tête tous les deux?

Jacob haussa les épaules et fixa son assiette. Il détestait mentir à sa mère, mais il s'était engagé.

— Bien, on va probablement jouer à des jeux vidéo et regarder un ou deux films d'horreur dans son sous-sol.

— On dirait que vous n'allez pas beaucoup dormir.

Tu ne peux pas savoir, pensa-t-il.

——•——

À trois heures pile, Jacob dévala la colline jusqu'au dépanneur Route de l'est. Ichiro était déjà arrivé, mais il était seul.

— Où sont les jumeaux? demanda Jacob.

— Ils ont téléphoné chez eux ce matin pour dire à leur mère qu'ils passeraient la nuit chez moi. Elle leur a dit que leur père était sorti, alors ils ont décidé d'aller chercher quelques affaires en vitesse.

Jacob enleva son casque et passa ses doigts dans ses cheveux. Il se départit de son sac à dos et le déposa à terre. Il était plutôt lourd avec le sac de couchage attaché au bas et la nourriture qu'il avait prise dans la cuisine (une demi-miche de pain, un pot de beurre d'arachide, trois pommes et deux bouteilles d'eau), en plus de tout ce qu'il avait emballé avant.

— Comme ça, tu pars dans, quoi, deux semaines? demanda Jacob.

— Treize jours. Mais qui les compte?

— Tu es prêt?

— Non, pas du tout, répondit Ichiro en riant. Je n'ai même pas commencé à faire mes bagages.

— Es-tu mentalement *prêt à partir*, je veux dire?

Ichiro prit quelques secondes pour réfléchir.

— Oh! Je suppose que oui. Ça va arriver, que je sois prêt ou non, pas vrai?

Jacob hocha la tête. Il détecta une note de doute dans la voix de son ami.

— Ça va être une expérience incroyable, je veux dire. J'ai emprunté un DVD de voyage à la bibliothèque. Le Japon est, genre, super techno. Savais-tu que la plupart des jeux vidéo sont produits là-bas avant d'être vendus dans le reste du monde?

— Tu es devenu un vrai accro de la bibliothèque, dit Jacob.

— Et c'est grâce à toi. Merci, Jake, ajouta Ichiro avec un mélange de tristesse et de joie.

— Merci pour quoi?

— D'être un si bon ami. Tu vas me manquer.

— Toi aussi, tu vas me manquer.

Quelques minutes plus tard, Hayden et Hannah descendirent la colline sur leurs vélos.

— Salut, les nuls! cria Hannah avec bonne humeur. On a nos vêtements, on est prêts.

— Et deux lampes de poche longue durée, ajouta Hayden.

— Zut! s'écria Jacob. Je savais que j'avais oublié quelque chose. As-tu une autre lampe de poche chez toi, Ichiro?

Il secoua la tête.

— Je n'en ai qu'une. Veux-tu aller chercher la tienne et nous retrouver chez moi?

Jacob regarda le ciel de plus en plus gris. Il ne voulait pas perdre davantage de temps.

— Non, tant pis. Tant qu'on restera ensemble, tout ira bien.

Il se mit à pleuvoir, une bruine légère qui se déposa sur leur peau.

Hannah frappa dans ses mains.

— Bon. Achetons des collations. N'oublions pas de prendre quelque chose de chacun des quatre principaux groupes de malbouffe : bonbons, chocolat, croustilles et sodas.

Ils entrèrent chez le dépanneur en discutant et en débattant à tort et à travers et parcoururent les allées sous le regard vigilant du Saule.

— Et les bâtonnets au fromage? À quel groupe appartiennent-ils?

— À celui des croustilles.

— Et la barbe à papa?

— Aux bonbons, idiot. C'est évident.

— D'accord. En voici un difficile : les oursons chocolatés? Bonbon ou chocolat?

— Ni l'un ni l'autre, parce qu'ils sont dégoûtants. Si quelqu'un en achète, c'en est fini de notre amitié, vous m'entendez? Fini!

Ils riaient fort et de bon cœur. Une boîte de *Nerds* dans une main et un sachet de bonbons surets dans l'autre, Jacob était au septième ciel.

Le Saule donna trois coups sur le comptoir.

— Du calme, les jeunes. J'essaie de tenir un magasin digne de ce nom.

Les quatre amis rirent de plus belle.

QUINZE

Le lac Sepequoi était en colère. Ses eaux frappaient le canot et le faisaient osciller d'un côté et de l'autre. Couvertes d'écume, les vagues montaient sur les plats-bords comme des mains aux doigts multiples, inondant le fond du bateau et trempant leurs pieds. La pluie — ce n'était plus une bruine — mouillait le reste de leurs corps.

Pagayer se révéla ardu. Parce que chaque fois qu'ils avançaient de deux mètres, on aurait dit que les vagues les repoussaient deux mètres en arrière.

— Devrait-on rebrousser chemin? cria Hayden au-dessus du grondement du tonnerre au loin.

Ce n'était pas ainsi que Jacob avait imaginé le début de leur nuit. Il était frigorifié, il avait mal au dos et ils avaient failli chavirer trois fois, mais il n'était pas question de retourner en arrière, du moins pas pour lui. *Je ne peux pas renoncer. Je dois mener cette mission à terme.*

Le début de l'aventure avait déjà été retardé. Premièrement, quand ils étaient sortis du dépanneur Route de l'est, Hayden avait aperçu son père — en train de boire avec quelques copains sur la terrasse de la

Buvette. Les jeunes étaient rentrés dans le magasin et avaient regardé par la fenêtre sale en espérant qu'il quitte le bar sous peu. Le Saule n'avait cessé de leur crier après, si bien qu'Hannah avait dû acheter une autre barre de chocolat pour apaiser le vieil homme. Ils avaient attendu que le père des jumeaux entre dans le café, puis ils s'étaient enfin mis en route.

Le deuxième problème avait été causé par l'orage qui les avait trempés jusqu'aux os. Il s'était calmé pendant qu'ils pédalaient jusqu'à la maison d'Ichiro, mais la pluie avait repris de plus belle peu de temps après leur arrivée. Ils avaient décidé d'attendre pendant que Jacob se rongeait les ongles en regardant le ciel. La pluie ne diminuait pas, et Jacob avait persuadé ses amis de partir en espérant que tout irait pour le mieux.

Ce ne fut pas le cas. Loin de là. Ils se retrouvèrent avec la menace d'une pneumonie et un canot plein d'eau.

— On est presque arrivés, dit Ichiro en faisant un geste à tribord. Regardez.

Devant eux, à travers la pluie qui semblait maintenant les frapper de partout à la fois, ils distinguèrent la silhouette de l'île.

Ils cessèrent de pagayer un instant et la contemplèrent en silence.

— Si vous voulez revenir sur votre décision,

laissez-moi sur l'île, rentrez chez vous et revenez me chercher demain matin, proposa Jacob.

— On en a déjà parlé, répliqua Hannah. Tu es fou si tu crois qu'on va te laisser passer la nuit tout seul ici.

Jacob hocha la tête et tourna son regard vers l'île. Il avait donné à ses amis toutes les chances de renoncer au projet et ils étaient toujours avec lui. Le sommet du toit et la cheminée de briques rouges se profilaient entre les pins faméliques qui entouraient la Fin de l'été. Le vent souffla un rideau de pluie et il dut s'essuyer les yeux pour y voir de nouveau clair.

— La tempête nous pousse beaucoup trop loin, constata Ichiro. Poursuivons avant d'être encore plus mouillés.

Impossible, pensa Jacob.

Ils redoublèrent d'efforts et s'approchèrent lentement de l'île. C'était difficile, mais ils avaient moins froid.

Ils atteignirent enfin leur destination.

———

Après avoir attaché le canot au poteau du quai, ils se frayèrent péniblement un chemin dans la végétation luxuriante vers la Fin de l'été. La pluie avait transformé le sentier en un ruisseau qui se déversait dans le lac pour se joindre au tumulte des vagues qui se fracassaient et de l'écume qui tourbillonnait. À plusieurs reprises,

Jacob dérapa dans la boue. Le poids du matériel qu'il portait sur son dos lui faisait mal aux épaules.

Tandis qu'ils approchaient de la maison de l'autre côté de l'île, l'odeur âcre de la terre remuée devint toxique, évoquant des gaz de marécage et de la pourriture.

Ils entrèrent dans la clairière et, une fois de plus, ils se retrouvèrent face à la Fin de l'été.

Ichiro fit glisser de son dos le sac contenant sa tente et l'ouvrit.

— Elle ne va pas se monter toute seule, alors au travail.

— La tente? s'étonna Hannah, incrédule. Pourquoi ne pas aller à l'intérieur? ajouta-t-elle en montrant la maison.

Les trois garçons la regardèrent, éberlués.

— Passer la nuit là avec le docteur et tous les autres fantômes? dit Hayden. Tu n'es pas sérieuse.

— Je le suis.

— On ira bientôt, intervint Jacob. Mais ce n'est pas une mauvaise idée d'avoir un camp de base ici. Un endroit pour garder notre matériel, un endroit pour nous retrouver si nous sommes séparés.

Hayden et Ichiro approuvèrent d'un signe de tête.

— Bien.

Hannah prit le sac des mains d'Ichiro et commença à sortir les poteaux.

— Vous êtes des bébés.

Ils se mirent à monter la tente en s'efforçant de ne pas mouiller l'intérieur — une bataille perdue. Jacob ouvrit un petit sac de nylon et en sortit les piquets métalliques pour faire tenir la tente.

— As-tu un marteau? demanda-t-il à Ichiro.

— Il n'y en a pas dans le sac?

Ils s'arrêtèrent pour le chercher, sans le trouver.

— Il a dû tomber quelque part, dit Ichiro.

— Pas de problème, répondit Jacob.

Il ramassa une grosse pierre et s'accroupit devant le premier piquet. Il la souleva dans les airs, puis s'arrêta. La pierre lui avait presque glissé des doigts.

— Quelque chose ne va pas? demanda Ichiro.

— Non, rien.

Mais ce n'était pas rien. L'espace d'un instant, le piquet avait ressemblé à un cardinal. Jacob secoua la tête et enfonça le piquet dans le sol avant qu'il ne change une nouvelle fois de forme.

Ils s'assirent dans la tente mouillée, dans leurs habits trempés, et regardèrent la lumière grise s'estomper tandis que le soleil se couchait quelque part au loin derrière les nuages.

— Je vais vous dire ce que je pense, annonça Hayden.

C'est dangereux, ici.

Personne ne répondit.

Un éclair zébra le ciel et quelques secondes plus tard, le tonnerre fit trembler le sol sous eux.

— C'était proche, dit Hannah. La foudre doit être tombée sur l'île.

— Dans ce cas, il n'y aurait pas eu de pause entre l'éclair et le tonnerre, fit valoir Hayden. Nous l'aurions vu et entendu presque en même temps. Il a dû tomber sur la terre ferme.

— Merci, encyclopédie Brown.

Hayden leva les yeux au ciel.

Les parois de la tente gonflaient et craquaient comme un drapeau dans une tornade tandis que le vent hurlait entre les arbres. S'ils ne l'avaient pas alourdie en étant assis à l'intérieur, Jacob se demanda si les piquets auraient suffi pour la maintenir en place.

Un autre éclair sillonna le ciel, suivi une seconde plus tard par un coup de tonnerre si fort qu'il explosa dans les oreilles de Jacob. Ils entendirent un craquement, quelque chose qui se fendait en deux, qui tombait, du bois entrant en collision avec du bois, un assourdissant bruit d'éclaboussure.

— Qu'est-ce que c'était? s'écria Hayden en retirant ses mains qu'il avait posées sur ses oreilles.

Ichiro fut le premier à comprendre.

— On aurait dit un arbre qui tombait sur quelque chose.

Il resta bouche bée.

— Le quai... la *Frégate écarlate!*

Hannah ouvrit la fermeture éclair de la tente et bondit à l'extérieur. Les autres la suivirent, plissant les yeux et se protégeant la tête avec leurs blousons. Ils coururent en file indienne vers la berge, glissant et dérapant dans la boue. Hannah s'immobilisa au bord de l'eau. L'un après l'autre, les trois garçons déboulèrent dans son dos.

Comme Ichiro l'avait deviné, un arbre était tombé. La foudre l'avait frappé près de sa base et fendu en deux. Il avait dégringolé sur le quai et avait écrabouillé la structure branlante sous son poids. La moitié du quai était coincée entre l'arbre et la grève. L'autre avait disparu.

Hayden fut le premier à prendre la parole.

— Où est le canot?

Un éclair zigzagua dans le ciel et frappa la terre ferme, aussitôt suivi par un craquement tonitruant et un bruit de fracas qui se prolongea un peu. Quand le bruit s'estompa, ils se retournèrent et remontèrent la butte en courant. Ils ne pouvaient rien faire pour récupérer le canot. Soit il serait rejeté sur la grève, soit il ne le serait pas. Il était fort possible qu'il ait été brisé, comme le quai. Rester debout sous la pluie n'y changerait rien, mais, avec un peu de chance, l'orage s'éloignerait bientôt. Dans une heure ou deux, peut-être, si la pluie avait cessé, ils pourraient se séparer, prendre leurs lampes de poche et fouiller la berge autour de l'île à la recherche du canot.

Ils coururent dans la clairière et s'arrêtèrent net quand ils comprirent que la malchance les poursuivait.

Une rafale entra dans la tente par l'ouverture, la souleva aussi facilement que si ç'avait été un sac de papier. Hannah se précipita et agrippa un des piquets, mais il était couvert de boue et lui glissa entre les doigts. Impuissants, ils regardèrent la tente monter dans les airs et se prendre dans les hautes branches d'un pin. Les aiguilles griffèrent et déchirèrent le nylon comme un prédateur affamé s'acharnant sur sa proie.

— Allons-y, dit Hannah tandis qu'ils ramassaient leurs affaires. Entrons dans la maison!

— Pas question, protesta Hayden. On a voté, tu te souviens? On ne passe pas la nuit là-dedans.

Hannah fit un geste vers la tente en loques empalée sur l'arbre et flottant dans le vent.

— Tu veux grimper là-haut et y faire ton lit? Parfait. Moi, je vais dans la maison.

Elle se tourna et courut sous la pluie vers la maison sans attendre de réponse.

Ichiro la suivit. Jacob regarda Hayden et haussa les épaules.

— Ce n'est pas idéal, mais elle n'a pas tort.

Hayden secoua la tête, incapable de regarder Jacob dans les yeux.

— J'ai un mauvais pressentiment, comme si j'allais vomir.

Jacob suivit Hannah et Ichiro des yeux tandis qu'ils entraient dans la maison et il eut tout à coup un peu mal au cœur, lui aussi.

— Allons juste jeter un coup d'œil dans le vestibule; ensuite, on reviendra ici avec un plan. Il cessera peut-être de pleuvoir bientôt et on pourra trouver un endroit dehors où nous réfugier pour la nuit. Quoi qu'on fasse, on reste ensemble. D'accord?

— Le vestibule. Là où le docteur a tué sa femme avant de se suicider.

— On n'a pas vraiment le choix.

Hayden réfléchit un instant, puis hocha la tête. Ils se dirigèrent vers le porche et, après avoir hésité, ils entrèrent par la porte ouverte. Jacob la referma silencieusement, et ils se retrouvèrent enfermés à l'intérieur.

— Allô! dit Hayden à voix basse.

Un silence.

— Hannah? Où es-tu?

Encore le silence.

— Si tu fais l'imbécile, je te tue.

La voix traînante d'Hannah sortit de l'ombre.

— *Trop… tard.*

Une fraction de seconde plus tard, un crâne, auquel on avait arraché la peau et la chair, bondit dans le corridor vers la porte. Il s'immobilisa aux pieds de Jacob et d'Hayden.

Les garçons sursautèrent, hurlèrent et se précipitèrent vers la sortie.

Hannah éclata de rire et sortit du bureau.

— Vos expressions étaient tordantes.

— Ce n'était pas sympa, Hannah! protesta Hayden.

Ichiro suivit Hannah dans le corridor.

— Tu faisais partie du complot? lui demanda Jacob.

— Non, mais avouez que c'était plutôt amusant.

Jacob repoussa le crâne du bout de son pied. Il rebondit quelques fois et s'arrêta sous la table du vestibule.

— Tu as sérieusement trouvé amusant qu'elle nous fasse peur comme ça?

— Non, pas ça, répondit Ichiro.

Il exhiba une feuille de papier.

— Je l'ai trouvée sur la table à côté du squelette. « Frères Adam, Squelette humain authentique, Certificat d'authenticité, 1899, Calcutta. » Hannah tenait un vrai crâne humain. C'est *ça* qui est amusant. J'espère que tu n'as pas, comment dire, mis tes doigts à l'intérieur.

Hannah perdit son sourire.

— Arrête, tu dis des bêtises. C'est probablement en plâtre ou quelque chose du genre.

Jacob remarqua qu'Hannah s'était renfrognée. Il prit alors le certificat des mains d'Ichiro et confirma son authenticité.

— Non, ce squelette est cent pour cent authentique.

— Oh! Mon Dieu! bafouilla Hannah en essuyant frénétiquement sa main sur son pantalon. J'ai mis mes doigts et mon pouce dans les orbites et dans la cavité nasale comme si le crâne avait été une boule de quille.

Ichiro leur fit signe de se taire.

— *Chut,* dit-il. On n'est pas seul.

Il fit un geste vers l'extrémité du corridor, où ils distinguèrent l'ombre d'un homme imposant, parfaitement immobile.

Hannah oublia le crâne que Jacob venait d'envoyer rouler dans le couloir et avança lentement, un pas à la fois.

— Qu'est-ce que tu fais, Hannah? chuchota Hayden.

Elle lui fit signe de s'éloigner, de rester tranquille, et continua de s'approcher de l'ombre.

Jacob n'avait pas prévu se retrouver face au docteur si tôt et il se sentit cruellement non préparé. Il mit la main sous son tee-shirt et agrippa le collier de sa mère : il se rappela qu'il ne savait même pas si la pierre était de la calcédoine ou non. Et même si ce l'était, que pourrait-elle contre un couteau chirurgical?

Hannah approchait de l'extrémité du corridor. Le Dr Stockwell n'avait toujours pas bougé. Jacob n'en revenait pas du courage de son amie. Il sentait qu'il devait faire quelque chose, n'importe quoi, pour l'aider. Pourquoi avait-elle fait un geste aussi spontané, aussi fou? Elle n'avait jamais été prudente, mais ceci paraissait particulièrement audacieux, même pour elle.

Elle s'arrêta alors et se mit à rire. Le son se répercuta dans le corridor. Elle saisit un morceau du papier peint gonflé, usé, près du plafond et l'arracha du mur.

— C'est juste une tache d'eau noire, dit-elle en continuant à rire.

L'espace d'une microseconde — ce fut si rapide que ce n'avait presque pas l'air vrai —, quelqu'un dans les murs rit avec elle.

Hannah laissa tomber le bout de papier peint sur le sol et se hâta d'aller retrouver ses amis.

— C'était l'un de vous?

Les trois garçons firent signe que non.

— C'était peut-être les murs qui craquaient, dit-elle alors, sans avoir l'air convaincue.

Jacob était stupéfait d'avoir pu confondre une tache d'eau avec l'ombre d'un homme. Il voulut regarder de plus près et regretta, une fois de plus, d'avoir oublié sa lampe de poche à la maison. Il eut alors une idée. Il alluma son téléphone pour utiliser la lampe intégrée, mais avant d'ouvrir l'application, il s'aperçut qu'il n'avait pas de signal.

— Qu'est-ce que c'est que cet endroit? se demanda-t-il. Quelqu'un a un signal? ajouta-t-il à voix haute.

Hannah et Hayden allumèrent leurs cellulaires.

— Rien.

— Pas l'ombre d'un signal.

— Ichiro? demanda Jacob.

— Privé de technologie pendant une semaine, tu te souviens?

— Super, dit Jacob.

———

Hayden regarda par la fenêtre avant. Ses yeux cherchèrent au loin.

— Je pourrais y arriver, au besoin. Je pourrais nager jusqu'à la rive.

— Pas dans cette tempête, protesta Hannah. Et pas dans le noir.

— Je le pourrais. Ce n'est pas si loin.

— Pas question, Hayden, dit Jacob. C'est trop dangereux.

— Alors, quoi? Vous refusez de me laisser aller chercher de l'aide à la nage, on ne peut appeler personne et on n'a plus de canot. Et au cas où vous l'auriez oublié, personne ne sait qu'on est ici.

Hayden avait raison. Ils avaient dit à leurs parents qu'ils passeraient la nuit les uns chez les autres. Leur absence n'inquiéterait personne jusqu'au matin, peut-être même plus tard. Mais cela deviendrait problématique seulement si quelque chose tournait mal.

— Rien n'a changé. Le plan reste le même.

— Ah! oui, le plan. J'oubliais, reprit Hayden. On doit réussir à piéger le docteur, le faire entrer dans un trou dans le mur du sous-sol, puis sceller le trou quand il sera de l'autre côté. Alors, tout ira bien. D'une façon ou d'une autre.

— Je sais que ce n'est pas le meilleur plan du monde, mais je n'en ai pas d'autres à proposer.

— Jake est le gars le plus brillant que je connaisse, intervint Ichiro.

Il prit sa lampe de poche dans son sac à dos et l'alluma.

— S'il pense que ça va marcher, c'est ce qu'on a de mieux à faire. Et s'il n'a pas encore tout prévu, il va le faire.

L'appui d'Ichiro redonna à Jacob un peu de confiance en lui.

— Si quelqu'un a d'autres idées, je suis tout ouïe.

Personne ne parla.

— Dans ce cas, il n'y a rien comme l'instant présent, dit Ichiro. Allons chercher cette soi-disant mer Noire.

— C'est une mauvaise idée, protesta Hayden.

— Je n'ai jamais prétendu le contraire, répondit Jacob. Mais c'est pour ça qu'on est venus ici, non?

Hayden haussa les épaules. Sa sœur et lui prirent leurs lampes de poche. Ils commencèrent à avancer dans le corridor, mais Hannah les arrêta d'un geste de la main. Elle montra la bande de papier peint qu'elle avait arrachée du mur et jetée sur le plancher.

— Elle est retournée sur le mur, dit-elle, incrédule.

Elle regarda de plus près, le visage presque collé au mur, à la recherche d'un accroc dans le papier. Il n'y en avait pas.

— Vous m'avez bien vue la déchirer?

Les garçons hochèrent la tête.

Elle passa ses mains sur le papier peint, mais ne trouva aucun bord déchiré.

— Alors, qui l'a recollée, hein?

— Calme-toi, sœurette.

— Ne me dis pas de me calmer. Ce n'est pas drôle.

— Mais le crâne, c'était drôle, peut-être? rétorqua Hayden. Écoute, on est restés ensemble tout le temps. Comment ça pourrait être l'un de nous?

— Dans ce cas, comment l'expliques-tu?

— Je ne peux pas, dit Hayden en secouant la tête. Je

ne peux pas.

La maison fut soudain plongée dans un silence surnaturel. Même l'orage semblait lointain, assourdi. Le silence descendit sur eux tandis qu'un souffle glacé faisait frissonner Jacob.

— Regardez, chuchota Ichiro, alarmé.

Il pointa un doigt tremblant vers quelque chose derrière Jacob.

La peur devint une boule glacée dans le ventre de Jacob. Il se retourna lentement, comme dans un rêve, un rêve qu'il avait renoncé à contrôler. Il n'était pas sûr d'avoir envie de voir ce que montrait Ichiro, mais il était incapable de détourner le regard.

Ce n'était pas une ombre, cette fois, et certainement pas une tache d'eau. Le Dr Stockwell se tenait entre eux et la porte d'entrée. Il était grand et musclé et ses yeux étroits étaient comme des scalpels. Son regard semblait suffisamment acéré pour transpercer la chair et les os. Il portait le même costume et le même tablier que le jour où Jacob l'avait vu depuis les bois. Il tenait sa sacoche de médecin devant sa poitrine.

— Je t'avais dit…

Il défit la première attache. *Clic.*

— De ne jamais…

Puis la deuxième. *Clic.*

— Revenir ici.

Il sortit lentement un couteau chirurgical de la sacoche. Il était plus gros, plus tranchant, bien plus *réel* que celui que Jacob avait vu dans ses cauchemars.

Le Dr Stockwell fit un pas vers eux, puis un autre.

Le sang de Jacob se glaça dans ses veines lorsqu'il entendit les bottines marteler le plancher.

Son esprit partit dans un million de directions tandis qu'il envisageait une multitude de gestes horribles. Il parvint à se calmer et cria :

— Courez!

Dans le chaos et la panique qui s'ensuivirent, Jacob ne vit pas où détalaient ses amis. Il courait à reculons, refusant de tourner le dos au docteur, mais son talon heurta quelque chose. Il trébucha et tomba. Son dos fut le premier à frapper le sol, puis ce fut sa tête. Sa vision devint embrouillée. De la lumière explosa dans ses yeux. Il se redressa vivement malgré la douleur.

Le Dr Stockwell était au-dessus de lui, incroyablement grand.

— Fais attention, dit-il sur un ton railleur.

Sa voix était gutturale, rugueuse, évoquant des chaînes traînées sur du gravier. Il leva son couteau dans les airs, prêt à l'abattre sur Jacob.

Jacob bondit sur ses pieds et fit volte-face pour s'enfuir.

C'est alors qu'il la vit. À un mètre de lui, dans le

corridor, entre lui et l'escalier. Tresa. Elle tendait les mains, silencieuse, et le regardait fixement, ses yeux écarquillés remplis de terreur. Sa peau était aussi mince et pâle qu'une gelée matinale.

Vas-y, s'ordonna Jacob, *ne t'arrête pas, cours*. Et c'est ce qu'il fit, il traversa le corps frêle de Tresa comme si elle n'était qu'un nuage de vapeur.

Il courut dans la cuisine et entra dans la salle à manger, claqua la porte derrière lui. Mais s'il continuait de courir, il entrerait dans le salon avec le gramophone, puis il serait de retour dans le corridor.

Je suis piégé, comprit-il.

SEIZE

Le 27 août

Jacob trébucha dans la salle à manger obscure sans penser à activer la lumière de son cellulaire. Son genou heurta la table. Il s'accroupit et regarda dessous, cherchant désespérément un endroit où se cacher pendant qu'il reprenait ses esprits. Mais il serait terriblement visible sous la table.

Je ne peux me cacher nulle part, constata-t-il. Ce n'était pas un jeu de cache-cache enfantin. Comment avait-il pu supposer pouvoir échapper au Dr Stockwell? Même si le fantôme ne pouvait pas le voir sous la table, Jacob craignait qu'il ne soit capable d'entendre battre son cœur qui semblait essayer de sortir de sa poitrine. *Boum, boum, boum.*

Ressaisis-toi, se dit-il. *Tu ne peux pas te cacher, et tu ne peux pas rester ici.*

Réfléchis. Réfléchis. Réfléchis. Réfléchis.

Le sous-sol. Il avait beau ne pas vouloir descendre au sous-sol à cet instant précis, il savait que c'était là qu'il devait aller.

Heureusement, la porte du salon était ouverte, il n'aurait donc pas besoin de ralentir pour l'ouvrir. Si le

Dr Stockwell le suivait, il pouvait entrer dans la cuisine à tout moment.

Jacob inspira profondément pour rassembler son courage. Il agrippa le côté de la table et tendit l'oreille.

Aucun bruit.

Ignorant son genou douloureux, il s'élança vers la porte ouverte.

Sauf que, alors qu'il n'était plus qu'à quelques pas de cette porte, elle se referma si brusquement que les murs tremblèrent. Il leva ses mains devant son visage, se prépara à encaisser le choc et poussa un grognement en fonçant vers la porte.

Il ignorait ce qui s'était passé. Il courait, la porte était ouverte, puis elle ne l'était plus. Il s'était jeté sur elle et il était trop étourdi, trop effaré pour trouver une explication au phénomène.

C'est alors qu'il l'entendit.

Juste dans son dos.

— Bonjour, jeune homme, dit une voix de femme, une voix qu'il entendait pour la première fois.

Mais il savait parfaitement qui c'était.

— Je t'attendais.

Jacob se retourna et s'adossa à la porte. Il ne voyait pas grand-chose dans la lumière pâle; il ne distinguait que le contour de la table, des chaises et la silhouette d'une personne assise au fond de la pièce.

— N'aie pas peur. Je ne vais pas te mordre. Allume la lumière et regarde.

Tresa parlait avec un léger accent allemand et ses paroles restèrent suspendues dans les airs comme une bouffée de fumée.

Jacob ne voulait pas lui céder, mais il sentit qu'il devait le faire. En sortant le téléphone de sa poche, il remarqua qu'il était plus de trois heures et demie. Il l'alluma. Ses doigts tremblants firent clignoter la lumière sur les murs. Il la dirigea d'une main hésitante vers Tresa, assise au bout de la table. Elle souriait.

— Tu vois? Je ne suis pas si mal, n'est-ce pas?

— Vous n'êtes pas vraie, répondit-il.

— Allons donc. Tu me parles. Ça me rend réelle. Pourquoi ne pas t'asseoir?

— Ce n'est pas ce que je voulais dire. Vous n'êtes pas vraiment *vivante*.

Il laissa la lumière clignotante s'attarder sur le visage de Tresa tout en bougeant son autre main à l'aveuglette derrière lui à la recherche de la poignée de la porte.

— Vous êtes Tresa, c'est ça?

S'il la distrayait, elle ne s'apercevrait peut-être pas qu'il essayait de s'échapper.

— Comme tu es intelligent! dit-elle.

Elle joignit ses mains et hocha la tête.

— Mais tu ne l'es pas assez. Cette porte est fermée à clé.

Les doigts de Jacob trouvèrent enfin la poignée. Elle refusa de bouger quand il tenta de la tourner.

— Tu vois? Je dis toujours la vérité.

Comment la porte pouvait-elle être verrouillée? Elle s'était refermée un instant plus tôt. Jacob essaya de tourner la poignée plus fermement; ça lui était désormais égal que Tresa le voie tenter de s'enfuir. Mais rien ne bougea. Il regarda Tresa et ses yeux se posèrent sur la porte de la cuisine derrière elle.

— Fermée à clé, elle aussi, dit Tresa.

— Qu'est-ce que vous faites? s'écria-t-il, non plus confus, mais paniqué. Je suis venu pour vous sauver, les enfants et vous. Je connaissais Colton. Je pense être en mesure d'arrêter votre mari une fois pour toutes.

— Sois rassuré, Jacob, je n'essaie pas de t'enfermer. J'essaie de l'empêcher d'entrer, *lui*. Je peux l'arrêter, mais pas longtemps. Le sous-sol est plus sûr. Il le déteste.

— Comment connaissez-vous mon nom?

Jacob était au bord des larmes. Rien n'avait de sens. Son univers était complètement bouleversé.

— Je sais tout ce qui se passe dans ma maison. Tout.

Le sourire de Tresa disparut un instant, mais elle parvint vite à le retrouver. Elle réussit même à rire avec une modestie affectée.

— Je t'en prie, assieds-toi.

— Non.

— J'insiste.

La chaise en face de Tresa s'éloigna de la table, ses pieds griffèrent le plancher. Jacob s'assit à contrecœur, le dos rigide, les jambes tendues, prêt à bondir au besoin. Mais où irait-il? Il eut mal au cœur en comprenant qu'il était totalement à la merci de Tresa.

Pourquoi cherchait-elle à le ralentir? *Elle est folle,* pensa-t-il. *Complètement démente.* Comment pourrait-il le lui reprocher après tout ce qu'elle avait traversé, d'abord dans la vie, puis dans la mort?

Tout en tentant d'imaginer un moyen de s'échapper, Jacob se dit qu'il pourrait continuer à la faire parler.

— Je sais ce qu'il a fait. Je sais qu'il vous a tués, vous et quelques enfants, et qu'il s'est suicidé. Je crois qu'il a réussi à continuer à tuer des enfants au fil des ans.

— C'est ce que tu crois?

Jacob déglutit et fit signe que oui.

— J'ai lu un article à ce sujet dans le journal. Il s'est servi d'un de ses couteaux chirurgicaux.

Tresa soupira, baissa les yeux et hocha la tête.

— Tu ne peux imaginer ce qu'on ressent quand on se fait ouvrir le ventre, que nos intestins se déversent entre nos doigts.

Elle tâta délicatement son abdomen, comme si l'entaille venait de se rouvrir.

— Pour moi, la mort n'est pas venue tout de suite. Je

suis restée en vie encore quelques minutes, allongée à côté de mon mari à regarder notre sang se répandre autour de nous dans le couloir. J'ai eu l'impression que ça avait duré une éternité.

Elle enfouit son visage dans ses mains.

— J'ai parfois le sentiment de n'être jamais morte. Je deviens toute confuse.

Jacob laissa ses mots couler sur lui sans s'arrêter pour leur permettre d'entrer complètement. S'il réfléchissait à ce qui était en train de se passer, à cette conversation avec une morte confuse et triste, il craignait de s'effondrer à son tour.

— Il était contrarié parce que vous ne pouviez pas avoir d'enfant, n'est-ce pas? C'est pour ça qu'il a tué les deux premiers enfants?

— As-tu déjà vu quelqu'un mourir de la tuberculose?

Jacob secoua la tête. Il comprenait que Tresa ne pouvait pas savoir que la tuberculose n'était plus une maladie épidémique.

— C'est terrible à voir. En Europe, on l'appelait la grande peste blanche. Elle détruit les poumons, cause de la fièvre, de la perte de poids et les malades toussent du sang. Mon mari n'a pas tué les deux premiers enfants. Ils sont morts tous seuls.

Les yeux vitreux de Tresa regardèrent au loin.

— Mais ils ne sont pas restés morts, n'est-ce pas?

Non, ils ne sont pas restés morts.

Puis, comme si elle venait de comprendre qu'elle avait dit une chose qu'elle aurait dû taire, ses yeux revinrent au présent et elle se couvrit la bouche avec sa main.

Le choc qu'elle éprouva redonna un tout petit peu de courage à Jacob.

— Leurs âmes sont restées.

Tresa demeura dans un état de contemplation silencieuse un long moment. Jacob pensa qu'elle ne dirait plus rien, mais elle reprit la parole.

— Cette île est spéciale, dit-elle. Elle a gardé ces enfants ici, comme si elle savait qu'ils étaient trop jeunes pour mourir. Sharon Kennedy et Jérémie Langdon. Et juste comme ça, James et moi avions les enfants que nous avions toujours désirés.

Jacob eut du mal à cacher la pensée qui surgit dans son esprit : *vous n'aviez pas le droit de les garder.*

— Une troisième enfant, Patty Anderson, est morte peu de temps après Sharon et Jérémie, mais pas de la tuberculose. Elle a perdu la vie dans l'incendie d'une maison après avoir quitté l'île, une fois guérie de sa maladie. Mon mari est resté debout tard dans la nuit à attendre son retour. Mais elle n'est pas revenue. Il est devenu évident que pour rester ici toujours, les enfants devaient mourir ici. Quand James l'a compris, il... il...

Jacob ne termina pas la phrase pour elle, craignant de provoquer sa colère et qu'elle cesse de parler. Mais toute la peur qu'il avait éprouvée quand elle était apparue dans la cuisine se transformait lentement en pitié. Tresa était faible et blessée, tant physiquement que mentalement.

— Il a tué... un gamin innocent, Danny Fielding. Il était en voie de guérison. Il n'avait que six ans.

Le visage caché dans ses mains, elle se tut. Si elle pleurait, c'était sans bruit. Jacob profita de l'occasion pour examiner la pièce, cherchant toujours une issue. Il ne vit rien de nouveau : deux portes verrouillées, une table, douze chaises et un vaisselier.

Mais l'argenterie était dans ce vaisselier. S'il parvenait à prendre un couteau et à s'en servir pour crocheter la serrure de la porte, il pourrait peut-être s'enfuir. C'étaient de vieilles serrures. Il espérait qu'elles ne tiendraient pas le coup.

— Je t'ennuie? demanda Tresa en levant les yeux.

Jacob tourna vivement la tête dans sa direction.

— Je suis désolé. Je regardais dans le vide, c'est tout. Qu'est-il arrivé à Danny après sa mort?

Elle le dévisagea un instant sans répondre.

— Il est resté avec Sharon et Jérémie, ce qui prouve que quiconque meurt ici reste ici. Quand j'ai découvert ce que mon mari avait fait, ça m'a rendue malade.

Je ne pouvais plus dormir ni manger. J'avais peur de James, du monstre qu'il était devenu, mais comme je savais que je devais faire quelque chose, j'ai décidé d'aller voir la police. Il m'a arrêtée dans le vestibule au moment où je sortais. Il ne me faisait plus confiance et il m'a dit que je ne pouvais plus quitter l'île. J'ai tenté de lutter, et c'est là qu'il m'a éventrée. De toutes les choses qui auraient pu traverser mon esprit pendant que j'agonisais, poursuivit-elle en riant amèrement, ma dernière pensée a été que je n'aurais jamais mes propres enfants. Mon mari s'est alors poignardé au cœur et, comme les enfants, nos âmes sont restées ici.

Jacob s'était attendu à cette histoire, mais entendre l'une des victimes du crime la raconter la rendait encore plus macabre, choquante, tragique.

Soudain, Tresa pencha la tête d'un côté et écarquilla les yeux.

— Tu as entendu?

— Non, dit Jacob. Qu'est-ce que c'était?

Un moment passa, chargé d'anxiété.

— C'est mon mari. Il arrive. Va au sous-sol. Je le retiendrai aussi longtemps que je le pourrai.

Jacob se leva brusquement et renversa la chaise derrière lui. Il entendit la porte du salon se déverrouiller et elle s'entrouvrit. Sans attendre de voir ce que Tresa prévoyait faire quand le Dr Stockwell entrerait, Jacob fonça hors de la salle à manger, traversa le salon, le corridor, entra dans le bureau du médecin, dans la chambre d'enfant et la pièce mitoyenne, longea les vieux lits et descendit l'escalier branlant. Le sang palpitait dans ses veines et quelque chose se mit à tambouriner dans sa tête.

Tandis qu'il dévalait l'escalier, trois marches à la fois, Jacob aurait juré entendre Tresa lui chuchoter un dernier avertissement à l'oreille.

Il n'a jamais trop d'enfants, et le moment est venu pour lui d'en réclamer un, deux, trois, quatre de plus...

Mais elle n'était pas là. La voix avait-elle été le fruit de son imagination? Impossible d'en être sûr.

La dernière marche se fendit en deux sous son poids; il culbuta en avant dans le noir et atterrit bruyamment sur le sol de terre battue. Son cellulaire lui échappa des mains, disparut dans l'ombre. Il inhala un nuage de poussière, toussa violemment. L'air humide puait autant — non, plus — que la première fois qu'Ichiro et lui avaient regardé en bas du sommet de l'escalier. Les relents de la mort étaient si forts dans le sous-sol qu'ils brûlaient ses narines à chacune de ses inspirations. Il essaya de respirer par la bouche, mais ce n'était pas vraiment mieux. Après un moment, il se mit à genoux, puis il se releva.

Même s'il faisait si noir qu'il ne distinguait même pas

sa main devant son visage, il savait avec une absolue certitude qu'il n'était pas seul. Il sentait des yeux dans son dos et une brise légère sur sa peau, comme le souffle d'un corps qui passait. Il entendit alors un faible chuchotement.

— Es-tu vivant? demanda une voix d'enfant. Ou es-tu mort?

DIX-SEPT

— Qui a dit ça? demanda Jacob dans le noir. Qui est là?

Le sous-sol était peut-être vaste ou exigu, complètement vide ou rempli de choses innommables. Il n'avait aucun moyen de le savoir. L'incertitude, l'ignorance, le rendaient anxieux et claustrophobe.

— Ichiro? Hannah? Hayden?

Personne ne répondit.

Il aurait voulu s'enfoncer dans un trou profond, mais il savait qu'il ne pouvait laisser la peur triompher de lui. Il ne pouvait rester figé. Il devait agir.

À quatre pattes, il rampa lentement dans le noir. Il avait mal au côté droit de son corps, là où il avait atterri au pied de l'escalier. Il grinça des dents en s'efforçant de ne pas gémir. Il dessinait de grands arcs dans la terre battue avec ses mains et avançait petit à petit au cœur de l'oubli. Il espérait sentir son téléphone au bout de ses doigts. Il pria pour qu'ils ne touchent pas autre chose.

Il entendit quelque chose bouger près de ses mains. Cela pouvait être n'importe quoi : un insecte, un rat ou même un petit être humain.

Le bout des doigts de sa main droite entra en contact

avec quelque chose de froid et de métallique sur le sol. Il tâta le contour de l'objet et réalisa que ce n'était pas son téléphone. Le métal formait un cercle. C'était une roue.

Il planta sa main gauche dans la terre battue et prit de l'élan pour se relever. Par chance, il trouva son téléphone du même coup.

Il se leva et l'activa. La pile n'avait plus que vingt-deux pour cent d'autonomie. Il espéra que ça suffirait pour ce qu'il avait besoin de faire et activa la lumière.

Il vit un vieux fauteuil roulant vide et rouillé au milieu du sous-sol. Celui-ci recula légèrement, pas plus d'un millimètre, produisant un gémissement bref, mais discordant. Jacob se demanda s'il l'avait heurté en se redressant.

Plutôt petit, le fauteuil était couvert de poussière. Son siège de cuir craquelé comportait deux empreintes rondes, là où des jambes l'avaient usé, y laissant des marques.

Jacob tourna le dos au fauteuil et scruta lentement le reste du sous-sol. Il espérait le trouver plein d'articles qu'on y aurait normalement rangés — des boîtes, des meubles, de vieux vêtements. Mais il ne vit rien d'autre. Ce n'était pas rassurant.

Près du mur du fond, il vit une bibliothèque en bois sculpté contenant d'anciens manuels de médecine, dont plusieurs portaient sur la tuberculose et son traitement. Une grande table de bois se trouvait en face de cette bibliothèque. Dessus, il y avait une variété d'anciens instruments chirurgicaux soigneusement disposés en rangées précises : scalpels, perceuses, scies, ciseaux, tubes de caoutchouc, un marteau métallique rudimentaire et des barres qui ressemblaient à des rails de voie ferrée.

Il promena son regard sur le matériel conçu pour sauver des vies; le fait de savoir qu'il avait plutôt servi à tuer lui donna mal au cœur.

Cric, crac, pensa-t-il.

C'était presque plus que ce que son esprit pouvait supporter. Il voulait sortir du sous-sol, vite, mais il savait qu'il ne le pouvait pas. Pas tout de suite.

Les roues rouillées du fauteuil couinèrent derrière lui. Jacob pivota et pointa son téléphone dans sa direction. Il était encore vide et semblait être au même endroit que la dernière fois qu'il l'avait vu.

Scratch-scratch-scritch.

Le bruit venait de sa droite. Il dirigea la lumière de ce côté, mais il n'y avait rien, juste un recoin vide. Mais il y avait quelque chose sur le mur, un genre d'entailles, de marques.

Il traversa le sous-sol pour examiner le mur de plus près.

C'étaient des lettres. Douze paires, grossièrement gravées sur le mur par une main armée d'un couteau.

WC

~~SK~~

SR

BC

~~DF~~

RS

YG

OL

~~JL~~

~~PA~~

HN

ED

Trois séries d'initiales avaient été barrées. La quatrième l'avait été deux fois. Jacob comprit rapidement la signification profonde de ces lettres.

PA devait désigner Patty Anderson, la fille qui était morte après avoir quitté l'île où elle n'était pas revenue. SK et JL étaient Sharon Kennedy et Jérémie Langdon, les deux enfants qui étaient restés après avoir succombé à la tuberculose. Et DF était Danny Fielding, la première victime de meurtre du Dr Stockwell. Ces initiales devaient être celles des douze derniers enfants traités ici.

Jacob tendit la main pour toucher les initiales rayées de Danny, et ses doigts tombèrent sur une résistance subtile, mais délibérée dans l'air à un centimètre de la brique rugueuse, comme si un champ magnétique repoussait sa main. Celle-ci devint soudain anormalement froide.

La sensation désagréable le fit frémir. Il recula, mais il recommença à pousser, résolu à toucher le mur juste pour prouver qu'il le pouvait. Il réussit, mais sa main ne s'arrêta pas aux lettres et à la brique. Elle passa au travers.

Avant qu'il n'ait eu le temps de réagir ou de savoir ce qui s'était passé, une petite main à l'intérieur du mur agrippa fermement son poignet. Elle était glacée.

Jacob hurla de toutes ses forces.

Le temps tourna au ralenti. Le froid monta sur le bras de Jacob, et il eut l'impression que le sang qui coulait dans ses veines était de l'eau glacée. Il tira aussi fort qu'il le put, mais il n'avait pas assez de puissance pour se libérer de ce qui le retenait de l'autre côté du mur. Il continua de crier. Les initiales miroitaient et flottaient en cercles à la surface des briques. Au début, il crut qu'il hallucinait, qu'il allait s'évanouir, mais il finit par comprendre que c'était la mer Noire dont Albruna avait parlé dans son journal intime.

Il entendit alors des pas dévaler bruyamment l'escalier derrière lui.

— Jake! hurla Ichiro, pris de panique. Jake! Qu'est-ce qui se passe?

Jacob ouvrit la bouche, mais il fut incapable de parler. C'était comme si sa gorge avait été remplie de ciment et qu'on lui avait arraché la langue.

Hannah arriva à son tour, suivie d'Hayden. Les rayons de leurs lampes de poche dansèrent sur le sol et les murs.

Ichiro attrapa Jacob par les épaules et tira pour l'éloigner du mur. Leurs efforts combinés durent prendre l'assaillant au dépourvu et Jacob parvint à libérer sa main. Mais une main d'enfant était cramponnée à son poignet comme un piège à ours. Et l'enfant, toujours caché dans le mur, refusait de lâcher prise.

— Qu'est-ce que c'est? cria Hayden, effaré, dégoûté.

Autour de Jacob, l'atmosphère devenait de plus en plus froide et sombre. Il ne savait pas combien de temps encore il pourrait tenir sur ses pieds, rester sain d'esprit, en vie…

— Enlevez ça! implora-t-il, retrouvant enfin sa voix. Enlevez ça!

Hannah saisit les doigts de l'enfant et tenta de les détacher du poignet de Jacob. Un frisson traversa son corps comme un courant électrique, mais elle tint bon.

Une deuxième main jaillit du mur et agrippa le poignet d'Hannah. Elle recula en hurlant. Ichiro tira de nouveau sur les épaules de Jacob. Et celui-ci utilisa ce qu'il lui restait de force pour enfoncer ses talons dans la terre battue et se courber en arrière. Cela suffit à les libérer, et tous trois atterrirent côte à côte sur le sol. Cela suffit également à faire sortir l'enfant du mur.

C'était Colton. Il avait toujours dix ans, mais vu de près, la peau livide et les yeux enfoncés de l'enfant lui donnaient l'air d'un vieillard sur son lit de mort. Il s'écroula sur Jacob, Hannah et Ichiro. Ils se remirent à crier et tentèrent de le repousser, mais leurs mains passèrent à travers son corps menu.

Une faible pulsation de lumière rouge éclaira son visage et l'espace autour de Jacob. Avant que ce dernier ait pu comprendre d'où provenait la lumière, un craquement résonna dans l'air et Colton fut projeté à reculons.

Hayden bondit hors de la trajectoire de Colton tandis que Jacob, Hannah et Ichiro s'enfuyaient à quatre pattes comme des crabes.

Colton atterrit en tas à un mètre ou deux. Il sauta pour se relever, étonnamment vif et agile malgré son apparence maladive. Il regarda à tour de rôle chacun des quatre amis, comme s'il décidait ce qu'il devait faire, qui attaquer en premier. Mais quand ses yeux se posèrent sur Jacob, il sourit.

— Tu es revenu pour me sauver, dit-il.

Jacob frotta son poignet. Sa peau meurtrie portait l'empreinte distincte de quatre doigts minces et d'un pouce.

— Oui. Es-tu... Tu vas bien?

Encore une fois, il se demanda ce qui avait créé la lumière brillante qui avait paru faire voler Colton dans les airs, puis il se rappela le collier de sa mère. Avait-il vraiment travaillé comme il l'avait espéré, produit le même effet que le collier de calcédoine d'Albruna?

— Je ne voulais pas te faire de mal. Ce sont mes amis, ajouta-t-il en indiquant Ichiro, Hannah et Hayden d'un geste. Tu te souviens d'eux? Ils fréquentaient... ils fréquentent notre école. Ne crains rien.

Ils paraissaient tous trop bouleversés pour parler.

— Je me souviens d'eux, dit Colton.

Il avança de quelques pas. Ichiro et les jumeaux reculèrent instinctivement, mais Jacob résista à l'envie de faire pareil et resta immobile. Colton se pencha vers le sol et ramassa sa casquette rouge qui était tombée quand il avait été propulsé loin de Jacob. Il la remit sur sa tête.

— J'ai vu le Dr Stockwell plus tôt dans le corridor, reprit Jacob.

Il jeta un regard nerveux vers l'escalier, craignant

que la seule mention du nom du médecin le fasse apparaître.

— Sais-tu où il est en ce moment? Descend-il souvent ici?

Colton secoua la tête.

— Je ne sais pas où il est, répondit-il, mais il descendra si elle descend. Et elle descend souvent. On les verra arriver bientôt tous les deux s'ils m'entendent parler, ajouta-t-il en chuchotant, s'ils découvrent que je suis hors de la mer Noire.

Les pensées de Jacob tournoyaient dans sa tête tandis qu'il réfléchissait à ce qu'il devait faire ensuite.

— Très bien, nous pouvons profiter de notre avantage.

Il fit passer le collier par-dessus sa tête. Il en émana une lueur verdâtre dans les rayons des lampes de poche.

— C'est ça qui t'a projeté loin de nous. La pierre est une calcédoine, et d'une certaine façon, elle éloigne les...

Jacob s'interrompit avant de prononcer le mot *fantômes*.

— Si je parviens à repousser le Dr Stockwell dans la mer Noire et accrocher ceci au mur, reprit-il, en utilisant peut-être une de ces barres sur la table comme verrou, je ne crois pas qu'il sera capable de ressortir.

— Pourquoi veux-tu arrêter le docteur? demanda Colton, l'air perplexe.

Jacob soupira en comprenant que le garçon en savait

très peu sur ce qu'il lui était arrivé. Il ne semblait même pas savoir qu'il était mort.

— Colton, dit-il d'une voix douce. Je suis désolé, mais… le Dr Stockwell t'a tué il y a quatre ans.

— Non, il n'a pas fait ça.

— Oui. Il a tué un enfant en 1915, et après s'être suicidé, il a tué un autre enfant tous les quatre ans. C'est pourquoi tant d'enfants ont disparu au fil des ans. C'est pourquoi toute la ville croit au Kalapik. Le Kalapik, c'est le Dr Stockwell.

— Non, ce n'est pas lui. Mère est le Kalapik, dit Colton après une brève hésitation.

Après tout ce qu'il avait traversé, Jacob faillit pouffer de rire. Mme Cannington n'avait peut-être pas l'air bien quand ils s'étaient parlé, mais elle n'était certainement pas morte.

— Ta mère est toujours vivante. Elle m'a demandé de t'aider. Je t'assure qu'elle n'est pas le Kalapik.

L'air tendu, Colton baissa les yeux.

— Je ne parlais pas de *ma* mère. Je parlais de Mère. Elle veut que nous l'appelions comme ça. Elle est diabolique.

Un trou se creusa dans le ventre de Jacob, menaçant de l'engloutir tout entier. Il savait — au fond de lui, il savait —, mais il devait quand même poser la question.

— Qui est diabolique, Colton? Qui t'oblige à l'appeler

Mère?

— Tresa.

Colton regarda l'escalier, semblant craindre de la voir descendre les marches d'un moment à l'autre.

— Elle nous menace. Elle nous crie après. Elle déteste quand nous sortons de la mer Noire. Elle nous a tués. Tous tués.

Jacob recula involontairement d'un pas. Il avait l'impression d'avoir été frappé par un camion. Il secoua la tête.

— Non, dit-il. Non, non. C'est impossible. C'est le docteur qui a tué tous les enfants. Elle aussi, il l'a tuée. Et il s'est suicidé.

— C'est ce qu'elle t'a dit?

Jacob fit signe que oui. Il se rappelait leur conversation dans la salle à manger tout en souhaitant pouvoir l'oublier.

— Et tu l'as crue?

Jacob était incapable de répondre. Il n'avait plus de mots.

— Elle a menti. Elle ne fait que mentir. Elle dirait n'importe quoi, ferait *n'importe quoi* pour obtenir ce qu'elle veut. Et tout ce qu'elle veut... c'est une famille, conclut Colton en levant lentement les yeux.

Un silence de mort s'abattit sur le groupe alors que la vérité s'enfonçait comme un poignard dans un cœur.

Le Dr Stockwell n'était pas le fantôme qu'il fallait craindre.

C'était Mme Stockwell qui représentait un danger.

Dans le vestibule, quand le Dr Stockwell avait crié à Jacob de faire attention, il devait essayer de le protéger de Tresa.

Jacob se rappela que sa mère lui interdisait d'aller nager tout seul. Elle avait décrit le Kalapik comme étant un homme qui habitait au fond du lac, volait les enfants qui désobéissaient à leurs parents et les gardait avec lui pour toujours.

Tresa n'était pas un homme et elle ne vivait peut-être pas au fond d'un lac, mais tout le reste collait parfaitement.

Elle collectionnait les enfants. Comme elle n'avait pas pu en avoir durant sa vie, elle les récoltait pendant sa vie après la mort.

Une voix rompit le silence oppressant. Elle flotta dans l'escalier comme de l'eau cascadant sur une pente douce. Une pointe de malice s'en dégageait.

— Colton? appela Tresa. Ce sont mes quatre nouveaux enfants à qui je t'entends parler au sous-sol?

DIX-HUIT

Dans l'éclairage tremblant de leurs lampes de poche, ils virent d'abord les pieds de Tresa. Ils se posaient brièvement sur chacune des marches, sans bruit. Ils aperçurent ensuite sa robe qui tournoyait autour de ses jambes. Jacob ne l'avait pas remarquée dans la salle à manger, mais il la reconnut maintenant : c'était la première robe qu'Hannah avait sortie de l'armoire dans la chambre principale, quelques semaines auparavant. Ses mains apparurent ensuite, longues, minces et pâles, puis ce fut sa poitrine, son cou et son visage. Elle avait la bouche ouverte et ses dents brillaient. Sa peau blafarde luisait faiblement dans l'obscurité comme si elle était éclairée de l'intérieur. En arrivant au pied de l'escalier, ses yeux noirs dévisagèrent Jacob et ses amis. Jacob avait déjà entendu parler d'un regard affamé, et c'est à ça qu'il ressemblait.

— Oh! C'est bien, s'écria Tresa. Vous avez tous rencontré Colton. Vous allez être amis. Non, plus que ça. Vous allez être frères et sœur.

— On sait ce que vous avez fait, protesta Jacob avec vigueur.

Il recula d'un pas en s'efforçant de gagner du temps.

— Vous avez tué votre mari, ne prétendez pas le contraire.

Tresa mit un doigt devant ses minces lèvres.

— *Chut*. Tu perturbes ton frère.

Colton s'était réfugié dans un coin et tremblait de tous ses membres.

— Ce n'est pas nous qui le perturbons. Il a peur de vous.

— Arrête de dire des bêtises. Tu n'as pas peur de moi, hein, Colton?

— Non, Mère, répondit Colton sans la regarder.

— Tu vois? J'aime mes enfants, et ils m'aiment aussi. Je les protégerai de toutes mes forces, de toutes les fibres de mon être, tout comme je vous garderai en sécurité. C'est le moment pour vous de rencontrer les autres.

D'un hochement de tête, elle indiqua le mur et ce qu'il y avait derrière, la mer Noire.

— Ils meurent d'envie de vous rencontrer.

Ce qui se passa ensuite prit Jacob au dépourvu. Hayden — pas Hannah — fonça sur Tresa et heurta la frêle femme de tout son poids. Bien qu'elle ait vu venir l'attaque, Tresa ne se protégea pas contre l'impact et ne bougea même pas. Hayden la traversa et atterrit lourdement sur le sol. Tresa pivota, éclata de rire et saisit une poignée de cheveux d'Hayden.

— Tu seras le premier à traverser, dit-elle en le traînant sur le sol.

Hannah poussa un hurlement et se précipita vers Tresa, mais celle-ci l'agrippa par le cou et la cloua sur place.

— Attends ton tour, persifla-t-elle.

Puis elle la repoussa comme un chat blasé écarte une souris morte.

— Qu'est-ce qu'on fait? demanda Ichiro à Jacob.

Ils manquaient de temps. Tresa avait presque réussi à traîner Hayden à l'autre bout du sous-sol. Encore quelques pas, et elle atteindrait le mur. Mais si Jacob attendait le moment idéal...

— On ne fait rien, chuchota-t-il.

— Quoi? On ne va pas la laisser prendre Hayden.

— Ça n'arrivera pas.

Jacob leva le collier tout en gardant le pendentif caché dans sa paume.

— Quand elle sera suffisamment près de la mer Noire...

— Tu la frapperas avec ça et tu la pousseras à l'intérieur, termina Ichiro en hochant la tête. C'est fou, mais ça pourrait marcher.

J'espère seulement que rien n'arrivera à Hayden, pensa Jacob.

Juste avant que Tresa n'atteigne le mur, une nouvelle voix résonna du sommet de l'escalier.

— Lâche-le, ordonna le Dr Stockwell.

Tresa s'arrêta et se tourna vers son mari.

— Non, James. Il essaie de s'échapper. Je fais ça pour son propre bien. Il verra. Il finira par m'aimer. Comme les autres.

— Tu n'as pas droit de le prendre.

Le docteur descendit l'escalier et pointa son couteau vers Tresa.

— Il appartient à ce monde. Pas au néant, dans les limbes pour toujours, continua-t-il en pointant son couteau vers la mer Noire.

— N'approche pas, gronda Tresa, courroucée. Il m'appartient. Il est à moi. Ils le sont tous.

— Non. J'ai permis que ces choses arrivent pendant bien trop longtemps. Aujourd'hui, c'est fini.

Il brandit son couteau vers la tête de Tresa, mais elle se baissa pour l'esquiver. Sans lui laisser le temps de faire un autre geste, elle saisit son tablier et le fit tomber. Il avait beau être bien plus costaud qu'elle, elle possédait une force surnaturelle.

Il ne s'attendait peut-être pas à ce qu'elle riposte. Peut-être qu'après avoir passé toutes ces années coincée à la Fin de l'été, son âme n'avait plus de forces. Peut-être que Tresa avait en sa faveur le pouvoir de l'amour d'une mère et sa volonté inébranlable de protéger ses enfants. Quelle que fut la raison qui permit à Tresa de triompher de son mari, elle réussit à pivoter et à le projeter contre le mur. Le docteur passa au travers et disparut.

Tresa poussa un cri de victoire.

— Il mettra beaucoup de temps à retrouver son chemin à travers le mur. Il a toujours fallu qu'il se mêle de tout, essayant de protéger les enfants en leur faisant peur pour qu'ils quittent l'île. Mais il ne reste plus personne pour vous protéger maintenant, n'est-ce pas? À part moi.

Elle agrippa Hayden et se prépara à le pousser dans la mer Noire.

— Pourquoi avez-vous tué votre mari? cria Jacob.

C'était la première chose qui lui était venue à l'esprit et il espérait que cela suffirait pour que Tresa s'arrête un instant.

— Vous ne voulez que des enfants, une... famille, alors pourquoi le tuer? Et pourquoi avoir écrit une fausse lettre à votre sœur pour faire croire que c'était lui qui était sur le point de vous assassiner?

Heureusement, cela fonctionna. Elle s'arrêta et se tourna vers Jacob. Un sourire hideux, tordu se dessina sur son visage, révélant ses dents.

— Cette lettre était une bonne idée, pas vrai? J'avais espéré que quelqu'un la trouve plus tôt, mais je suis contente que tu sois finalement tombé dessus. J'ai pris un grand plaisir à imaginer que la police la découvrirait et tiendrait mon mari pour responsable des décès, mais en fin de compte la lettre n'était pas nécessaire, les autorités se sont hâtées de le blâmer. Tu veux savoir pourquoi j'ai tué James? Eh bien, le soir où Danny est... mort... James l'a découvert. Il a tout compris. Il a essayé de partir, a menacé d'aller trouver la police. Je l'ai donc poignardé au cœur.

— Ensuite, vous vous êtes suicidée?

— Évidemment. Je devais être avec mes enfants, ma famille magnifique. Mon seul regret, c'est de ne pas avoir réclamé les huit enfants encore vivants à l'étage.

Elle fit un geste vers les initiales sur le mur, dont huit n'avaient pas été rayés.

— Je regarde leurs initiales chaque fois que j'ai besoin de me rappeler mon échec. Ça n'arrivera plus. J'attends donc quatre ans entre les rapts afin de ne pas trop éveiller de soupçons.

Le plan de Jacob avait réussi. Tresa avait relâché son étreinte sur Hayden et Jacob avait rassemblé son courage pendant qu'elle parlait. Le collier qu'il serrait dans sa main s'enfonçait dans sa chair. Il fallait que ça fonctionne. Il le fallait.

Sinon, ils seraient morts, alors il devait essayer.

Il fonça en avant de toutes ses forces. Prise au

dépourvu, elle fut choquée et lente à réagir. Il entra en collision avec elle et la poussa vers le mur. Libéré, Hayden s'écroula sur le côté.

Jacob leva le collier. Il pressa la pierre sur le visage de Tresa.

Rien n'arriva.

Tresa regarda le visage de Jacob, puis le pendentif.

— C'est un joli collier, dit-elle sur un ton moqueur.

Jacob comprit alors qu'elle pouvait le vaincre, mais elle semblait heureuse de prolonger l'instant, de jouer au chat et à la souris.

— Je ne comprends pas, dit-il calmement.

Il voulait désespérément que le collier fasse son travail, qu'il oblige Tresa à traverser le mur.

— Colton s'est envolé loin de moi quand il a touché à ceci. Le journal intime de votre sœur mentionnait la calcédoine; c'est censé repousser les fantômes.

— Oh! bien sûr, répondit-elle. Mais cette pierre n'est pas une calcédoine, ajouta-t-elle en montrant la pierre.

Comment avait-il pu se tromper à ce point? Il avait lu si attentivement le journal d'Albruna.

Le journal. Le journal ne représentait que la moitié de ce dont il avait besoin pour arrêter Tresa.

Le corridor.

Cannington.

Un pendentif en forme de lettre C.

Dans le corridor.

Pas chez Mme Cannington.

À la Fin de l'été.

Le collier qu'ils avaient trouvé collé au dos du cadre le premier jour où ils étaient entrés dans la maison.

Celui qu'Ichiro avait laissé tomber quand ils s'étaient enfuis.

Celui qu'Hannah avait trouvé sous la table du vestibule et qu'elle avait pris.

Pourvu qu'elle le porte encore, pria-t-il.

— Hannah! cria-t-il.

Dans le sous-sol, tout le monde sursauta, même Tresa.

— Lance-moi ton collier!

Elle comprit aussitôt. Elle arracha le collier de son cou et le lança à Jacob d'un geste fluide, avec toute la précision d'une lanceuse née.

Il l'attrapa au vol et l'appuya contre Tresa en un mouvement rapide. Il devint aussitôt brûlant.

La dernière vision qu'il eut de Tresa — une vision qui le hanterait pendant des années — fut celle de sa bouche grande ouverte sous le choc et de ses yeux noirs remplis de terreur. La lumière du collier recouvrait son visage comme si on y avait vaporisé du sang.

Puis elle fut aspirée en arrière et disparut dans le mur.

Jacob éclata de rire — joie et hystérie mêlées. Ichiro l'imita, puis Hayden, encore un peu étourdi après avoir été traîné sur le sol par les cheveux. Hannah se mit enfin à rire à son tour.

— Tu as réussi! s'écria-t-elle en serrant Jacob dans ses bras. Tu as sauvé mon frère! Tu nous as tous sauvés!

— Ouais, répondit-il.

Ses mains tremblaient et il avait l'impression qu'il allait vomir sur ses chaussures d'un moment à l'autre.

— Je suppose que oui.

Il espérait seulement que Tresa mettrait autant de temps à retrouver son chemin dans le mur qu'elle l'avait supposé pour son mari.

Hannah libéra Jacob de son étreinte et prit son frère dans ses bras.

— Merci, dit-elle.

Pour une fois, peut-être la première de leur vie, c'était Hayden qui l'avait protégée, et non le contraire.

— C'était très courageux.

— Tu aurais fait la même chose pour n'importe lequel d'entre nous, répondit Hayden en rougissant.

— Allô! claironna Ichiro. Moi aussi, j'ai donné un coup de main. Avez-vous oublié que j'ai été le premier à foncer au sous-sol quand Jacob a crié, et que j'ai tenté de le libérer?

— Bien sûr que nous ne l'avons pas oublié, le rassura

Jacob en lui donnant une claque dans le dos. Merci. Je te promets que si jamais un fantôme essaie de t'entraîner dans un genre de portail pour aller dans une autre dimension, moi aussi je ferai tout mon possible pour te délivrer.

— Compte sur moi pour te rappeler ta promesse.

Colton émergea lentement de l'ombre où il était resté caché depuis l'apparition de Tresa. Il regarda fixement l'endroit où sa ravisseuse s'était tenue un instant plus tôt.

— Je n'arrive pas à y croire, dit-il d'un air éberlué.

Jacob fut soudain douloureusement conscient que si Colton était sauvé, les autres enfants assassinés par Tresa au fil des ans étaient toujours dans la mer Noire. Et non seulement y étaient-ils encore, mais ils y étaient avec Tresa.

— Je vais enfoncer une barre dans le mur au-dessus des initiales et suspendre le collier pour empêcher Tresa de sortir, décida-t-il. Mais y a-t-il un moyen de libérer d'abord les autres enfants, Colton?

Celui-ci réfléchit longuement à la question avec de secouer tristement la tête.

— Non. Ils ne s'approchent jamais du mur. Ils ont trop peur de Mère. Je pourrais entrer pour les chercher... mais je n'en ressortirai peut-être jamais. Ou peut-être qu'elle pourrait ressortir.

Il jeta à Jacob un regard plein d'espoir.

— Nous pourrions rester ensemble, ici, tous les cinq, proposa-t-il.

Jacob fit signe que non.

— C'est impossible, Colton. Nous devons retrouver nos familles.

Il prit le marteau et une barre de fer sur la table où se trouvaient les instruments chirurgicaux du Dr Stockwell.

— Mais vous ne pouvez pas me laisser ici. Ne faites pas ça, je vous en prie. Vous devez me protéger... d'elle.

Jacob s'approcha du mur pour enfoncer la barre au sommet, à son point de jonction avec le plafond, mais Hannah l'arrêta sans dire un mot et lui prit le marteau des mains. Son intention était claire : *je m'en charge, toi, tu parles à Colton.*

— Nous t'avons protégé. Tu as été libéré d'elle quand nous avons brandi ce collier. J'aimerais pouvoir faire de même pour les autres.

Il continua en posant une question dont il croyait connaître la réponse :

— Es-tu capable de partir?

— J'ai essayé, une fois, mais il y a de la calcédoine dans les roches qui entourent l'île. J'ai été repoussé quand je m'en suis approché.

Il se mit à pleurer doucement.

— Je ne peux pas quitter l'île. Je ne retournerai pas dans la mer Noire. Et je ne veux pas rester ici dans cette affreuse maison. Je veux juste... je veux juste passer à autre chose.

Jacob se rappela alors les dernières paroles prononcées par Mme Cannington avant de partir dans l'ambulance : *si tu trouves mon fils, si son âme est piégée ici, promets-moi de l'aider.*

Quand il lui avait demandé comment, elle avait essayé de lui parler du collier dans le corridor. Non pas chez elle, mais à la Fin de l'été.

— Je pense qu'il existe un moyen, dit Jacob à Colton, et je sais ce qu'on doit faire.

Je sais ce que je dois faire.

Il leva le collier.

— Si je tiens cette pierre aussi près de toi que je le peux, je crois que tu vas...

Mourir? se demanda-t-il. *Est-ce bien le mot? Une personne déjà morte peut-elle connaître une deuxième mort?*

Il s'aperçut alors qu'ils avaient déjà tapé dans le mille.

— Je crois que tu vas aller ailleurs, affirma-t-il.

— Comment peux-tu en être sûr? demanda Colton sur un ton à la fois dubitatif et plein d'espoir.

— Je n'en suis pas sûr. Il faut juste essayer.

— Je vais être projeté dans les airs. C'est déjà arrivé.

Les sourcils froncés, Ichiro semblait réfléchir.

— Parfois, on passe directement à travers toi et les autres fantômes, et d'autres fois, tu réussis à nous toucher. Peux-tu... contrôler ça?

Colton fit signe que oui.

— Dans ce cas, on va te tenir, si tu veux bien, dit Ichiro. Vous êtes d'accord?

Hannah et Hayden hochèrent solennellement la tête.

— D'accord, dit Colton. Essayons.

Jacob acquiesça.

— Avant de commencer, je dois te dire quelque chose. Je regrette de t'avoir demandé de prouver que tu n'avais pas peur du Kalapik, Colton. Je ne peux te dire à quel point je suis désolé de ce qui t'est arrivé.

— Ce n'est pas grave, Jacob. J'étais déjà allé sur l'île avec mon pédalo et j'y serais retourné. Ce n'est pas ta faute.

Jacob enfonça ses ongles dans ses paumes et se mordit les joues.

— Je suis quand même désolé. Je le serai toujours.

Hannah se plaça derrière Colton tandis qu'Ichiro et Hayden prenaient position de chaque côté de lui. Ils hésitèrent tous trois avant de poser leurs mains sur le corps de l'enfant mort.

Colton tremblait de peur.

— Si ça fonctionne, je me demande où je vais aller.

— Je ne sais pas, répondit Jacob, mais où que ce soit, j'espère que ton...

Il allait dire *père,* mais Colton ignorait que son père était mort, et Jacob ne voulait pas être le porteur de nouvelles aussi tragiques.

— J'espère que des membres de ta famille seront là pour t'accueillir.

Il leva la calcédoine.

— Tu es prêt?

— Oui, je suis prêt, bafouilla Colton d'une voix étranglée.

Et moi, le suis-je? se demanda Jacob.

En guise de réponse, il brandit la calcédoine vers Colton. Sa main plongea dans la poitrine du garçon, là où son cœur aurait dû se trouver. Il vit ses amis se cramponner et s'arcbouter pour ne pas tomber.

Un éclat de lumière rouge irradia de la poitrine de Colton. Sa casquette rouge tomba lorsqu'il pencha la tête en arrière et hurla de douleur. Il se débattit, mais Jacob refusa de retirer sa main. À cet instant précis, il ne voulait que s'enfuir, très très loin, mais il tint bon. C'était ce qu'il devait faire, il le savait.

La lumière rouge se répandit dans le corps de Colton et dans le sous-sol, comme si on avait mis le feu. Le collier devint très brûlant dans la main de Jacob, mais il ne relâcha pas sa prise.

Puis, tout à coup, Colton cessa de se débattre. Il regarda le plafond comme s'il voyait quelque chose au-delà.

— C'est si beau, chuchota-t-il.

Son corps se transforma en vapeur qui garda sa forme l'espace d'une seconde avant de se dissiper. Pendant un moment étrange, Jacob resta la main et le collier en l'air tandis que ses amis agrippaient du vide. Puis ils se regardèrent et leurs corps crispés se détendirent. Personne ne bougea pendant un long, très long moment.

DIX-NEUF

— Est-ce que ça a fonctionné? demanda Ichiro.

Jacob secoua la tête.

— Je n'en ai aucune idée.

Il marcha jusqu'à la mer Noire, sentant qu'il avait livré une bataille. Il glissa la chaînette argentée du collier sur la barre qu'Hannah avait clouée au mur. La calcédoine resta suspendue et cacha les premières initiales gravées sur la surface.

Ses trois amis le rejoignirent et regardèrent le pendentif en silence.

Que Colton soit ou non passé à une autre dimension après avoir disparu, et que le collier suspendu contre le mur suffise ou non à garder Tresa dans la mer Noire, Jacob n'en savait rien. Mais il ne pouvait pas faire mieux. Et il ne reviendrait jamais sur l'île pour vérifier. Il en avait assez de cet endroit. Le moment était venu d'aller de l'avant.

Ils semblaient tous comprendre qu'il n'y avait rien à ajouter. Sans regarder en arrière, Jacob se dirigea vers l'escalier. Ses amis lui emboîtèrent le pas.

Ils traversèrent rapidement la maison comme s'ils vivaient dans un rêve qui avait commencé en cauchemar. Une fois dans le vestibule, Jacob jeta un coup d'œil au salon. Son regard tomba sur le vieux phonographe. Craignant qu'il ne se remette à jouer sa chanson ensorcelante, il se demanda s'il fallait le détruire. Mais il doutait que Tresa soit capable de le contrôler — de contrôler quoi que ce soit — depuis la mer Noire. D'ailleurs, il ne voulait pas passer une seconde de plus que nécessaire dans cette maison. Plus que tout, il voulait rentrer chez lui et retrouver sa mère.

Soulagés, ils sortirent et virent que l'orage était fini. Une pluie légère se déposa sur leurs visages, mais cela aussi était passager. Le vent balayait le nuage noir qui planait sur l'île. À l'est, le soleil se levait à l'horizon, doré, brillant et chaud.

Ils s'engagèrent dans le sentier, accompagnés par des insectes qui stridulaient, bourdonnaient et voletaient dans l'air frais.

— Je suis désolé, dit Jacob. Je vous ai tous mis en danger en vous amenant ici, en essayant d'arranger les choses pour Colton.

— Je crois parler en notre nom à tous en disant que tu n'aurais pas pu nous tenir à l'écart, répondit Ichiro.

— Absolument, renchérit Hannah.

— En fait, j'étais d'entrée de jeu contre l'idée de venir ici, dit Hayden.

Il sourit, puis éclata de rire.

— Je voulais que notre dernier été ensemble soit inoubliable, reprit Jacob.

— Je pense que tu as atteint ton but, l'assura Ichiro.

— Redis-le, dit Hayden.

— Je pense que tu as atteint ton but, répéta Ichiro.

———

L'approche de l'automne se révélait dans la fraîcheur de la brise. Mais le soleil réchauffait la peau de Jacob et lui remonta le moral.

— Youhou! cria Hannah. Je viens de trouver une tablette de chocolat dans ma poche arrière. Complètement écrabouillée et fondue, mais c'est quand même du chocolat.

Elle défit l'emballage et la tendit à Hayden, puis à Ichiro. Ils en détachèrent un morceau et se léchèrent les doigts.

— Tellement bon, s'écrièrent-ils à l'unisson.

Jacob savoura ce moment, heureux de voir ses amis plaisanter, même et *surtout* après l'épreuve qu'ils venaient de traverser.

Il avait entrepris cet été rempli de crainte à l'idée de la rupture qui allait se produire, mais, à présent que le moment était arrivé, il découvrit qu'il avait fait la paix avec cette éventualité. *Les choses seront différentes, mais ça va. C'est la vie.*

Ils débouchèrent sur la grève. Leur canot n'était nulle part en vue, ce qui n'étonna pas Jacob.

— On a le choix : attendre un bateau ou nager.

— Je n'attends pas, déclara Hannah.

— Moi non plus, renchérit Ichiro.

— Évidemment, dit Hayden. J'ai suggéré de nager hier noir, mais vous m'avez tous regardé comme si j'étais fou...

Jacob enleva ses chaussures et son tee-shirt et entra dans l'eau. Il marcha un peu plus loin et plongea, résolu à accomplir la tâche qui l'attendait. La rive était lointaine, mais s'ils ne cédaient pas à la panique et se concentraient sur une brassée à la fois, ils y parviendraient.

Il savait qu'il n'y avait pas de Kalapik qui attendait de les entraîner au fond du lac.

Du moins, il n'y en avait plus.

Le contact avec l'eau était fantastique. Elle détendait ses muscles fatigués et débarrassait sa peau de la poussière et de la sueur. Elle libérait son esprit, plus clair maintenant que pendant tout cet été.

Jacob profita de ce moment euphorique pour prendre une décision.

Il s'efforcerait de ne pas s'accrocher au passé. Il chérirait chaque instant passé avec sa mère et ses amis. Il vivrait librement. Tous ses regrets, toutes ses peurs, ses angoisses... Tout cela avait pris fin.

REMERCIEMENTS

Écrire et réviser ce livre — avec ses tours et ses détours, les morts horribles dont il me fallait faire le suivi — s'est avéré être une tâche difficile et épuisante, et j'ai adoré chaque seconde de cette aventure. Elle aurait été bien plus exigeante sans les innombrables et judicieux conseils, toujours donnés avec bonne humeur par mon éditrice, Tamara Sztainbok. Je ne la remercierai jamais assez de tous les efforts qu'elle a déployés pour faire de ce livre une réalité.

Écrire pour Scholastic Canada, c'est comme faire partie d'une grande famille chaleureuse et accueillante, et je suis si heureux d'avoir été adopté par elle. Je n'éprouve que respect et gratitude pour tous les gens qui y travaillent, en particulier Andrea Casault, qui a conçu la page couverture à glacer le sang dans les veines, ma réviseure Erin Haggett pour son regard de lynx et Diane Kerner qui, en plus d'avoir publié mon premier livre pour enfants il y a presque sept ans, m'a suggéré d'écrire un roman pour jeunes adultes après que j'ai écrit quelques tomes de la collection *Lieux hantés*.

Il me serait impossible d'écrire sans l'amour et le soutien de ma vraie famille, dont tous les membres se montrent incroyablement compréhensifs quand je me réfugie dans ma grotte d'écriture pour regarder en l'air pendant des heures. (En fait, *j'aimerais* bien avoir une grotte. Je suis davantage un écrivain nomade, écrivant partout où je peux trouver une chaise et une table, ou juste une chaise et mon ordinateur portable, ou juste un arbre contre lequel m'appuyer... enfin, vous comprenez l'idée.) Ma femme et mes enfants, en particulier, ont toute la patience du monde et je ne pourrais les aimer et les remercier plus que je ne le fais.

Et finalement, mes lecteurs. À quoi servirait un livre sans quelqu'un pour le lire? J'espère que vous avez aimé lire cette petite tranche de folie autant que j'ai aimé l'écrire. Soyez sans inquiétude, ce n'est pas mon dernier ouvrage. Ce n'est pas la fin.

À PROPOS DE L'AUTEUR

Joel A. Sutherland est l'auteur de *Be a Writing Superstar*, de plusieurs titres de la collection *Lieux hantés* (récipiendaire des prix Silver Birch et Hackmatack) et de *Frozen Blood*, un roman d'horreur finaliste du prix Bram Stoker. Ses nouvelles ont été publiées dans plusieurs anthologies et magazines, dont *Blood Lite II & III* et la revue *Cemetery Dance*, où l'on trouve aussi des textes de Stephen King et Neil Gaiman. Il a fait partie du jury des John Spray Mystery Award et Monica Hughes Award pour la science-fiction et la littérature fantastique.

Joel est bibliothécaire au service des enfants et des jeunes. Il a participé en tant que « bibliothécaire barbare » à la version canadienne de l'émission à succès *Wipeout* dans laquelle il s'est rendu jusqu'au troisième tour, prouvant que les bibliothécaires peuvent être aussi acharnés et fous que n'importe qui.

Joel vit avec sa famille dans le sud-est de l'Ontario où il est toujours à la recherche de fantômes.